大展好書 好書大展

文學叢書 3

再見海南島，海南島再見

陳長慶著

大展好書 好書大展

目次

新市里札記

目次

小說之頁

時光並未走遠，仍在我們的記憶及文字中

——序陳長慶《再見海南島．海南島再見》

張國治

一、久違了，長慶兄！

盛夏七月十六日回到了家鄉，七月二十日在父親的雜貨店鋪前，端起小椅坐下，就著夏晨早起的陽光溫暖讀著《金門日報》，大略掃瞄至《浯江副刊》，赫然發現到「陳長慶」兄的名字及其詩作《走過天安門廣場——兼致古靈》，初初真是不敢相信啊！久違了，長慶兄！

一句看似平常的俗語，卻是從心的谷底深遠的喊出，該傳遞多少不堪唏噓的往事？「久違了！」這裡意味的不是故人形影久分離重逢的驚喜，而是文學心靈再相遇再交叉的美麗與悸動！

一句簡短的問候語，讓我想到民國六十五年第一次邂逅「碧山村」的記憶，讓我在此複記那一段刻骨銘心的少年歸鄉手稿：

「……………

我來到了碧山正是一個深冬的初晨，你絕沒想到，冷冽的風聲，而我內心卻是溫熱的。在由山外往碧山車子上，從窗子一個角擦出許多塵垢，遙望過去是那一片荒枯，臨島外緣而與大陸故土遙遙相隔的藍藍波浪，還有那些古褐、墨紫色大屋；我也瞧見了那棟廢洋屋，古舊斑剝的靜立在風中，像極了一幅奇異的畫面，古老的嘆息，衰頹的沉寂！

我心彈了一下，碧山！我是一路奔跑過去的，忍不住從各種角度去拍照，透過焦距，歷史歲月的跡線一一掛在那裡。晾掛衣服還輕輕搖動的，廢園輕輕夾雜很多往事，我不知道碧山村是從什麼時候開始了這恬然，遠在島上最荒僻一個角落的遺忘日子；那彷彿是一則神奇。

……………」（註一）

那已是民國六十六年八月二十七日再度會晤碧山村的手記了，這一段追記的是前一年冬初晤碧山的情景。結語寫著：「碧山仍然是碧山，它更碧了，遠眺過去都是翠綠的，村子有炊煙開始升起，是午時了，炊煙是不變的往事。」（註二）

是的，民國六十五年冬，重回風的海島，我叩訪許多家鄉的山村，我的心中如供奉神祇一樣，有著一座美麗的山村，返回臺灣的藝術學院裡，我在賃居的畫室裡用了五十號的油布畫起了我心中惦念的碧山山村，此後陸陸續續……。我拍的家鄉黑白照片，李乾朗先生在他一九七八年元月出版的《金門民居建築》內，一口氣就向我借用了數張，其中就有三張碧山的照片安排在書內，我猜想彼時他也未曾蒞臨過該村，一九八七年我以《在現實與浪漫之間——張國治故鄉金門攝影展》在臺北名人藝廊展出，李乾朗先生向我訂購收藏的分別是碧山與前水頭的黑白老照片。

碧山村叩啓了我在繪畫及攝影創作上一種無可言喻的感動，更是一種啓示及牽引，這種虔敬誠如法國愛克斯的聖維克多瓦山對於保羅·塞尚（Paul Cezame）及阿爾鄉的麥田、絲杉、松樹、鳶尾、雜草之對於文生·梵谷（Vincent Van Gogh）一樣有著特別的意義。

七月廿一日，彩戀和錫南賢伉儷及其公子去店裡接我，問我想去那裡玩？我說想去田埔和碧山，由田埔至大地、內洋、東溪再至碧山，已是夏日午后近黃昏了，幸好夏晝陽光長，我們在微溫夕暉中拍照，彩戀和錫南遇上了熟識，名字叫陳順德的老師，我愉悅的也和他說了些話，說出了我對碧山村的迷戀和一些因緣，並在手記上記下了陳老師碧山村四十號的住址。

隔兩天，長慶打電話給我，說在碧山村我碰到的那位老師就是他堂弟，碧山村就是他家鄉，他要我多多去那裡寫生繪畫，只要喜歡，可隨時去！

久違了，長慶兄！君子之交淡如水，廿餘年水樣般的友情，我何嘗能想像我心中神祕的山村，竟是舊識友人的家鄉？在這純美淨潔樸實的山村，孕育著砲戰後近三十年來，金門第一位出版新文藝文學集子的一顆早熟種子！

二、他只是把《金門文藝》的棒子交予了更年輕熱愛文學的同鄉！

我心中微波盪漾，也興奮異常，看來以後我告老還鄉繪畫創作也有個落腳的地方了！故鄉人不太善於表達自己的感情，木訥和剛直似乎是許多鄉顏的寫照。風沙、砲火和花崗岩層以及傳統民風、禮俗之壓抑，確切影響到家鄉人對表達情感和事物的方式，不僅友情，親情亦如是。廿餘年來，我除了在山外長春書店，與他匆匆而短暫的交談一些文學出版、一般性的問候或者家鄉瑣事外，再也不多話，更沒有機會坐下來靜靜喝一杯茶，暢談星光軼聞、文學中的浪漫情事！因爲他一直忙著店面生意。有些年，我兩、三年回家一趟，回家也總得到山外走一走，去長春書店，彷彿蓄意要找的就是我年少執著於文學藝術，追求瘦長而孤寂的身影，及遺落的星光……。

民國六十三年我認識了在金門服兵役的年輕詩人黃進蓮，彼時他和朋友在金門日報《正氣副刊》辦《詩廣場》，我在其上發表詩，他後來接辦了第六期《金門文藝》，並策劃爲《詩專號》，他要我拿稿交予一位軍官，那位軍官正是當時《創世紀》詩刊社員的詩人許丕昌，丕昌兄與進蓮兄完成了該期的執行編輯，並於民國六十四年三月一日出版，正式推出，成爲金門文藝萌芽發展中一劑强心針，許多年輕的金門高中及旅臺大專同學、服軍職的軍官，政要、服義務兵役的軍中年輕作家、臺灣的新生代詩人……等詩稿匯集其上，內容可圈可點！而封面由臺灣國立藝專畢業的設計家楊國台精心設計，據說一個封面就花了八千元印刷及設計費，是由許丕昌返臺休假時帶去印刷的！《詩專號》雖然由兩位臺灣詩人完成編輯工作，幕後的發行人則是長慶兄；又聽說他一個人出了不少錢。想想，我其實是在那一年才正式認識了長慶兄吧！因爲與丕昌見面的地點就是在山外長春書店，彼時招牌是書寫著《金門文藝季刊社》吧！關於《詩專號》，我因爲迷戀現代詩，無形中也成爲介入者，記得那時配合「金中青年社」，我穿針引線也拉了不少同學的詩稿，像林金俊、許坤政、許維民、蔡振念等。

民國六十四年，那年六月十四日我離開了島上負笈來臺唸書，民國六十六年由我總編輯的金門旅臺大專同學會會刊《浯潮》第四期在十一月出版。彼時，《金門文藝》在第六期《詩專號》出刊之後，由於諸多因素，如人員組成、經費問題及受到外界嚴苛批評後，已停刊了兩年多。黃克全透過好友資金贊助及他自己做扛工的儲蓄，與長慶兄接洽《金門文藝》之編輯出版，並定爲革新第一期，長慶兄仍爲發行人，社長由克全擔任。克全邀我加入執編，除了負責寫稿，我還提供攝影及封面設計。此期開始在臺發行，也許銷路不佳，無法取得成本；第二期便轉由顏國民接辦擔任社長，我是爲顧問，負責拉拉文稿，另設榮譽委員二十五人，長慶兄仍爲發行人，但此二期經費已不是由他或原《金門文藝》社員負責，他只是把棒子交予了更年輕熱愛文學的同鄉！沒有他及一些早期《金門文藝社》社員的舖路，就沒有我們後來的革新承傳！

隨著《金門文藝》的停刊，也在那些年，我再也沒有看過長慶兄的文章發表……。我不太願意去揣測長慶兄停筆的原因，那些觸及他內心深處隱痛的人生轉折因素。我高興的是他的歸隊，向金門文藝界叩門回歸，一如當初熱情於文藝的赤子心情，少年的多夢！

三、啊！一晃竟然廿餘年歲月指隙間溜過了。

長慶兄在電話中除了告訴我碧山是他老家外，他還微怨我沒打電話給他，他說要我去書店結結我寄賣於他書店的詩集，我早忘了在他書店寄售詩集的事，而關於文學、藝術，這些年在金門我常常感覺走得很寂寥，在臺灣我總還有海內外一些朋友，回到家，卻總有知音者稀之喟，隨著早期友人一個個先後歇筆，我感覺失去了一個橫槊賦詩、舞文弄劍的戰場；缺少了互相切磋研磨，甚至可爭吵、抬槓的機會；缺少了那種可以促膝臥談的浪漫之夜！文藝如果失去了那一份痴心、浪漫的想望，還有什麼興味可言！對我，我從不失去一份好奇、探索及質樸之心，也從不放棄詩美好的想像，豐沛的情感！我敏銳而多感，但我委實不再願意看到《金門文藝》的遲滯沒有發展，或受到漠視！我很難告訴長慶兄我回到家寧選擇人群「退出」，卻從作品「介入」的立場！

再隔兩天，七月廿五日，我帶著我最新出版《帶你回花崗岩島——金門詩鈔·素描集》，一路搭公車到山外長春書店探訪他，並寄賣書，一見皤皤白髮束，臉龐卻依然俊俏的他，不勝唏噓！其實從他身上，我自己又何嘗不是看到已不再是少年十七、八立在山外《金門文藝季刊社》（長春書店）的我！

啊！一晃竟然廿餘年華歲月指隙間溜過了。如何再去追憶那些似水年華？

四、因爲不記，什麼都沒有

他用刀子割下《時報周刊》內朋友爲我寫的書介，我說我已經有了。他把它壓在影印機下，請我喝茶，我依舊站立在那擁窄的通道、書櫃檯前，我心想著一些往事，他遞給我兩張千元大鈔，說是賣我詩集的書款，他哪裡賣得掉呢？我知道，這是他對我的一種友情的鼓勵吧！我不拿，他塞在我口袋。他說文學市場不行了，即使九歌、爾雅出版社的書都不行了，他說現在進的每一種文學的書都只有三本，一年也賣不完啦！七0年代文學書在金門很好賣，一次進數十本呢！多年以前，長慶店裡開始轉賣的是阿兵哥用品、學生文具、教科書，文學書籍已退居陪襯了！理想隨著歲月幻滅，文學的熱度隨著時代的變遷減溫！而那位失去文憑，蟄居太武山埋首苦讀的文藝青年陳長慶又在哪裡？

因爲前幾天才剛讀了他的詩作，當場即感懷的鼓勵他再寫。「你現在小孩都大了，可以寫了！因爲不記，什麼都沒有，人生有多少個二十年呢？」我的意思其實也只是一種身爲寫作人的經驗吧！當下生活，當下寫作！對寫作者而言，當下不啻是很重要的，當下生活、當下經驗、當下記錄，許多感覺、情緒、記憶是稍縱即逝的，即使隔了一段時空之後，欲再追述，則時空立場又不一樣了，此時變成彼時了。在寫作的經驗中，我就常常會有許多想寫的欲望而没有立即下筆，而錯過可以發諸爲文的機會！人生一些階段也就形成空白、斷層！更重要的是錯過敏鋭多感的青少年，誠然更是一大遺憾！寫作此等事，文學史上多少才華洋溢的作家在青少年時即已著作累累立下了盛名。三十而立之後，在現實繁瑣中，想維持寫作熱度，保有敏銳多感的感覺殊爲不易！而過了心理學所界定的人生四十信仰危機，欲想寫作，尤其從事較浪漫題材的寫作狀態更是不容易！

五、他已爲金門文藝留下了一個開拓的足跡

對於十八歲即已開始寫作並在故鄉金門日報《正氣副刊》（即今「浯江副刊」）發表散文及小說的長慶兄，他已掌握到了敏銳多感多思的青少年，在他二十五歲出版的散文集《寄給異鄉的女孩》序文中，孟浪先生稱許他是在短短幾年追求表達心靈意識的文藝創作過程中，他是成長最快的一個。然而，孟浪也說：「我們可從他收集在這個集子裡的作品來看，就可獲得一個十足的證明，從量的方面看，這些年來，他所創作的似乎太少了些；但從質的方面言，他成熟的思想似乎超過他尚未成熟的年齡。有人說：天才是早熟的，或許陳長慶不是天才，但是從他追求知識領域的過程中，他確是付出過很深的痛苦的代價的。」然而無論多深的痛苦的代價，誠如聖經上所言：「凡走過的，必會留下足跡。」長慶兄已擎起一把風中的燈，爲金門文藝留下了一個開拓的足跡，爲自己跨出了文學一大步。繼《寄給異鄉的女孩》之後，半年之後他又出版了第二本書《螢》的小說集，即已是一九七二年，民國六十一年的事了！

對過了四十不惑之年的長慶兄，尤其是髮鬢早霜的他，（其實他的心很早就老了，在民國六十一年的深山書簡裡，他早已自譬爲老頭；深山書簡二——給曉暉內他寫到「雨水

從我斑白的髮際落下」；深山書簡四——給谷丹他又寫到「而又有誰能夠理解到一位經年隱藏在深山中的孤獨老者底心緒呢！」睽別了廿四年，一九九六年他復出的《再見海南島・海南島再見》小說中，他仍自譬爲一個孤獨的小老頭，自此可見他內心的自卑和早生蒼老的心境！）也曾有了一段人生極大的空白時期，他反而没有活在四十之後對人生信仰的危機，卻如赤子之心寫作起來，復出之後的第一個作品竟是走過故國京城廣場之喟嘆！不再是早年的幽人囈語，自艾自憐，是生命歷鍊後的從容，印證了邱吉爾首相所説的「少年的孟浪、鋭利、浪漫，中年的沉潛，穩重！」之人生成長分野。

「就從這裡再出發吧！」我在心裡上告訴了長慶兄，這幾年，我在臺灣持續寫作，近三、四年，我陸續寄了一些稿回到金門日報「浯江副刊」上回饋鄉土，長慶兄的加入歸隊，不啻又多了一支生力軍，使我不再感到寂寥！

六、時光並未走遠，仍在我們的記憶及文字中

這天，他請他的堂弟陳順德老師當司機，還有陳老師的公子，帶我去溪邊看古建築，我們在復國墩「阿芬海鮮店」午餐及飲酒。他取出珍藏多年的John Walk（約翰走路）威士忌拚命灌我酒，我有些微醺，一直想寫詩給他，卻詩緒茫茫，我望向近處的海岸、漁

村、岬岩岸，思緒記憶飄得很遠很遠，後來微醺中我們又去夏興，看老房子找新宅寓居的爲論。

我回到了另一個島，然後透過航空每天晚到兩天的故鄉報梭巡故鄉事，照例讀「浯江副刊」，八月二十二日至二十九日我赴日本前橋市參加第十六屆世界詩人會議日本大會，返回臺灣的居家之後，即刻讀到八月二十七日長慶兄的《新市里札記之一》——《江水悠悠江水長——寫給李錫隆》，語言文字表達即使有些生疏，但情感卻十分深刻，尤其提到遠離「浯江副刊」愛恨交織的無奈心情！交織在祖國江輪上遊覽三峽的心情鋪寫中，似乎預言了他要抓住兩岸的猿聲啼叫，不叫兩岸萬重山淡去了心志。

八月三十日刊出的《新市里札記之二》——《木棉開花時》是寫給我的，讀後我十分感動，加上他寄給我的照片，竟讓我格外珍惜，然而我想寫給他的詩還未揮就呢？我撥長途電話予他，謝謝他。詩還是要寫出來的，雖然我知道我心中早已有一首無言的記憶長河之詩，可供心靈閱讀、咀嚼！但我還是要化爲文字的！我自己說過要當下的呀！我更要謝謝他賜予友誼的溫泉——「約翰走路」的老酒。更期待新市里的木棉開花時，他能把它寫成一首詩，寄給我。我的詩也將在記憶中補輟而成！

七、他走出了經營了二、三十年的書店

《木棉開花時》之後，他陸續的發表了《新市里札記之三》——《武德新莊的月光》，越寫越沉穩，對當年一起走過金門文藝的友朋，除了慨嘆時光之餘，也共同期勉繼續耕耘。果真，他又寫了《新市里札記之四》——《棕櫚青青致魯迅》故國之旅，似乎讓他走出了經營二、三十年的書店，廣闊、遙遠的大地也給予了他源源不斷的題材。自此，我們必然瞭解到現實環境對一位金門鄉親子弟，熱愛文藝之青少年的羈絆，生活的經驗、視野及時空的拉距之於寫作為重要的因素不言而喻。果真，他於九月二十四日發表了《再見海南島・海南島再見》的中篇小說，寫作的時空拉得更遠了，從一九九五年在中國大陸海南島一場故國泥土之旅開始，記憶拉回到一九七一年三月的金門霧季，時空交錯，敘事穿插，前前後後連載了十二天，每天賺取了不少鄉親讀者的淚水。證之他的小說基本功力仍在，如孟浪先生觀點所說：「他的評論比小說好，小說又比散文好。」只是我未曾看過二十五歲以前長慶兄的評論，不敢妄加論斷。《再見海南島・海南島再見》之寫作，對長慶兄而言，想必具有特殊的意義。他的小說背景因為取之於身在金門周遭的現場，因而對於金門的鄉親讀者而言，臨場感特別强，加之他小說中的男主角又幾乎清一色姓「陳」，

更使人懷疑他的小說無疑就是他自身故事的自傳、告白或懺悔錄，而裡面的人物也常是輟學的青年，自艾自憐學歷之不足，更時而以小老頭自居，是內在自卑而又不敢積極與人生或倫理、傳統社會做叛逆、乖違的善良角色。這樣的小說人物刻劃，其實很自然的聯想到長慶兄在小說人物的塑造上，是否已將自己在現實中的遭遇、成長經驗投射在小說人物的刻劃上，藉轉化、移情作用而治療自己生命中所欠缺、所不能彌補的遺憾！從早期日本廚川白村在《苦悶的象徵》一書中所言，文藝源自於生命的苦悶，可驗證長慶兄寫作的動機及背景！文字實爲一種治療！

此處不擬特別解讀該小說的文本。十月下旬，長慶兄告訴我，他將整理最近所寫的詩、散文、小說加上早期的作品做爲第三本書的出版，書名就以此篇小說命名，此外，他早年的兩本書亦將重印出版。在這第三本書付梓出版之前，他特別囑咐我寫序，並與我討論書名，他說《再見海南島．海南島再見》好不好？我何能置喙呢？這篇小說它已陪伴了我許多下班後清寂的家居夜晚，讓我隨著故事變化而心情起伏！

八、他彷彿出閘的水流，不斷流淌於一向乾旱的金門文藝田疇中

《再見海南島．海南島再見》之後，隔天副刊上發表了他的《新市里札記之五》

《蚵村掠影向黃昏》的散文。他的寫作題材已完全生活化，關懷土地之愛、鄉土之情溢於文字內，已完全迥異於早年《深山書籍》內的冥思、多愁、善感，長吁短嘆及部份語言文字的輕飄不實。

之後，他彷佛出閘的水流，不斷流淌於一向乾旱的金門文藝田疇中……。他雖沒有山雨欲來或山洪暴發的氣勢，但卻給我們一份驚嘆號！現在，展讀《浯江副刊》，想一睹長慶兄的文稿，竟成為一種美麗的期待！

幾位金門的朋友紛紛向我談及他。那天，楊再平在《金門文化資產維護發展促進會》第一次籌備會議後，我們一起離去，一路上，他提到長慶兄覺得他寶刀未老，功力還很好；洪明燦最近舉辦了「平生寄懷——書法水墨展」，打電話予他，他亦然提到《再見海南島・海南島再見》是十分難得的作品，寫情寫景皆佳，十分深入。許多朋友的文章，最近頻頻在金門日報頻頻相遇碰頭，讓我彷佛又回到了十六歲高中那年開始在「正氣副刊」的戰場！確確然我在這訂報的一年中，讀到了許多舊識友人的文章，我很想告訴長慶：「讓我們為金門文藝再開新頁吧！」人生除了現實生活，我們還有夢！而夢是要去實踐的！

長慶兄，在囑咐我寫序的電話中，他頻頻謝謝我曾對他說過的話，他說他一直記得七月二十五日我在他店裡說過的話：「因為不記，什麼都沒有，人生有多少個二十年呢？」「就這麼記住你這幾句話！」他說。

「不記，什麼都沒有！」我都快忘了自己所講過的話。長慶兄在電話中復交待我序文中要寫長一點，多寫一點，寫詩如我，原只要精簡，短短的就好！然而記憶開了匣，這一九九六年的夏日又如此美好，那向海的漁村酒店內喝酒看海的日子如一首美好的詩，一頁燦爛的夏日紀事，我想我是該多寫一些的！

九、抱著卽款兮夢

在臺灣待了二十餘年，活動於臺灣詩壇、文學界、藝術界也有一段時間了，有時碰到一些在金門服過兵役的詩人、作家，或多或少認識陳長慶；某次，謝輝煌就向我提起二十餘年後重返金門，就先去探視長慶。黃進蓮（改名黃勁連）於第十六屆世界詩人會議日本大會時，和我重逢相聚於前橋市，我們在東急飯店的異鄉夜晚，秉燭夜談的無非就是二十多年相識在金門的舊事，勁連並希望有朝一日能回到金門重溫舊夢。回臺後，我撥電話給長慶兄，轉達勁連問候及思念之情，長慶兄聽後十分高興，十月二日勁連的來信其中一段提及：「汝來批，提起老朋友陳長慶，我亦是非常數念，希望有一工會當去金門揣伊，把酒言歡，唸杜甫兮詩『人生不相見，動如參與商⋯⋯』，飲金門高粱，配金門兮貢糖⋯⋯，同時走揣我二十年前佇金門兮形影。抱著即款兮夢，我相信有一工，會實現則著。」抱著即款兮夢，是的，我相信有一天，勁連、丕昌、長慶和我及當年《金門文藝》（詩專號）的那一群老友，在復國墩阿芬海鮮店把酒言歡，在碧山村長慶的華宅秉燭夜談，唸杜甫的詩「人生不相見，動如參與商⋯⋯。」我亦然抱著即款兮夢。

十、陳長慶是金門文藝本土自發成長的一位文藝作家

長慶兄寄給我的書稿，幾爲發表過的印刷影印稿，初無分輯或分卷，然而大抵爲新詩、散文（書簡、札記）、小說，或還兼附錄書評吧！作品年代大致爲一九七二年（民國六十一年）及一九九六年（民國八十五年），新詩正好這兩年各一首；短篇小說兩篇（一九七二、七三年早期作品），主力則爲今年復出後的《再見海南島・海南島再見》；散文則輯《深山書簡》五箋，皆爲一九七二年作品，另外則是今年的《新市里札記》九帖，截至目前，他尚在繼續發表及書寫，將來收錄於書內的當不止於這些，若依此書諸作觀之，大抵可看出他書寫的體例及特色，尤其是散文的書簡、札記形式，更成爲他藉以表達的途徑，將來能否突破此一格局呢？當有待於他的自覺，至於語言文字，相較於今天新新人類

的書寫語言觀點及策略，真可謂天壤之別，誠爲另一種時空的符碼？遑論另類（The other）之書寫，讀陳長慶那些書簡，真令人有一種隨時光回到二十多年前，在金門文藝界草創萌芽時期所流行的文藝腔，即如《再見海南島・海南島再見》之題或如「朋友，請坐。請坐，朋友。」的句子，（見《新市里札記之三》——《武德新莊的月光》）都有二十多年前管管詩中類如「月光，請坐。請坐，月光。」之語言調調，長慶若欲堅持挺立下去，則恐必在語言文字表達上詳加琢磨，另賦新詞找新意！就作品解讀可待討論地方恐亦有多處，此不予特別評論，或留待方家詳以發揮。

觀諸金門文藝界在這二十餘年來的發展，相較於臺灣新文藝、現代文學的發展，可說是緩慢、乾旱的。截至目前爲止，除了地區寫作人才缺少堅持，我們亦未看到政府關懷注重文藝的發展，積極輔導推展以文藝的心靈充實生活的深度，以島上的文風基礎而言，加上島上多難的歷史，當有許多優秀的文學作品呈現才是，惜今尚看不到一部以代表金門文藝的選集，或一篇金門文藝發展的論文，連田野調查迄無，有的只是印在文友記憶中的寫作人記憶！我深知，金門還是有一些寫作的人零星散佈在海外，臺灣角落或故鄉！如何納百川，回到故鄉源頭呢？恐有待關心金門文藝發展的人士思考！

從這個角度切入，我深覺凡金門人任何一本著作，相關評論、報導，都是彌足珍貴、需要詳加保留的。

陳長慶是在金門本土自發成長的一位文藝作家，姑不論其作品藝術成就高低，僅就此點而言，就具有特別意義，希望有一天，他也能將作品跨向臺灣、中國及海內外華人文壇綻放文采！

一九九六年十一月廿一日脫稿於
國立臺灣藝術學院工藝學系辦公室

附註：

註一：張國治：《碧山》，收錄於《家鄉在金門——鄉情手記》第一卷：在自己的土地上，臺北耀文文化事業有限公司，一九九三年五月，第六十八—六十九頁。

註二：同註一，第七十頁。

《詩之頁》

走出天安門廣場
那醉人的容顏讓我不忍心離去
而歲月不再倒數計
決堤的淚水該流向何處
是長江　是黃河
或是遙遠的天國

慈湖行

——兼致牧羊女

就那麼單單地爲了一個理由
不到慈湖心不死在我腦裡長久地激盪著
源自二杯陳年老酒
賣狗肉的老頭從不說再見
興趣許是一種偶然
我是雙鯉湖畔底陌生客

慈心　慈孝　易君左
慈堤　長城　雙鯉湖
夢娜麗莎的微笑遠不及你底美
我恥於不能雀躍高歌
慈心不是人工的雕塑

慈孝許是天然底形影
在你柔情的波濤裡
我情願是一條水草

慈湖　啊　美麗底慈湖
當你底堤畔長滿了青草
我會再來
因爲我還未見到那群可愛底羊兒
而牧羊女蟄居何處
怎不見她手持青杖底倩影婆娑

原載一九七二年十一月四日《正氣副刊》

走過天安門廣場

——兼致古靈

走在天安門廣場
怎麼搞不清東南西北
是腦昏，或者眼花
是白痴，或者色盲
這庸俗的辭彙啊
怎能運用在這美麗底小詩上
南邊是人民大會堂
（或許是北邊）
東邊是革命博物館
（或許是西邊）
而中間　中間
那偏一邊的又是什麼

那躺在水晶棺裡的老者是誰
那覆蓋著五星旗的老者又是誰
岸的這邊咒罵他是梟雄
岸的那邊歌頌他是英雄
夫子們啊　你們從歷史來　請回歸到歷史
老者已蓋棺　是功　是過
何以遲遲不下定論

走出天安門廣場
那醉人的容顏讓我不忍心離去
而歲月不再倒數計
決堤的淚水該流向何處
是長江　是黃河
或是遙遠的天國

揮起顫抖的手
想說聲再見也難
別了　天安門
何年何日再擁抱你
這片屬於我們的泥土

原載一九九六年七月廿日《浯江副刊》

附錄

玩票的詩情

——兼評陳長慶的《慈湖行》與《走過天安門廣場》

金筑

在人生際遇的變換中，會有許多特殊充滿溫馨的片段，這些尺寸可能不太大，卻富深度感情的經歷，往往令人一輩子難以忘懷，深烙記憶，在夜靜寂寞的迴景中，反芻出甜甜的滋味，縈繞心靈深處不已。如像童稚時的美夢，初戀的矜持，故鄉的情結，老友的把盞：：等，都是難以從心境抹煞的。那怕這些片段曾有痛苦的折磨，生死的交替，慘痛的經驗，在想像的角度都是美麗非凡，成爲描繪入人生藝術的特寫。這樣的過往不但令我們難忘，銘刻心境，化爲生活中的感嘆，笑談、歌詠，或與朋友作非驕傲的語叙，是永恒的，不褪色的，太美了。

我一生難忘的片段太多了，抽出一帖最難釋懷的畫面，呈現它的姿影，一定會有太多的節奏引起共鳴。那應該是莊嚴神聖不可磨滅的經歷，就是我曾前後二次進住金門八年。第一次到金門是民國六十一年，那時還在軍中服務，只住了一年。當我得知要調到金門士官學校任職時，許多朋友都爲我耽心，以爲調到金門是「風蕭蕭兮，易水寒」，太危險了。當時雙方戰火一觸即發，兩岸僵持在「單打雙不打」的遊戲規則上。金門是戰地，的確我真有「壯士一去兮，不復還」的心情。第一次聽到砲彈從頭上呼嘯而過，我並不害怕，只感覺非常刺激。我冒著危險，撿拾打過來的宣傳單，看看說些什麼，其實不過如此而已。

此其時，《葡萄園詩刊》的主編曉村兄也調到金門服務；詩人明秋水兄正主持《今日金門》的編務；現任《葡萄園詩刊》副社長魯松兄在料羅野戰醫院任副院長之職；謝輝煌兄在金防部任幕僚。未到金門之先，以爲戰地會更寂寞孤單，無法排遣時日；殊不知群英在戰地相逢，格外熱絡，另有一番滋味。後來認識《金門日報》的副刊主編謝白雲兄，又與文友黃龍泉、陳長慶相識，那時他們都是翩翩少年，居然也擠入作家之列，真令人妒嫉。到了假日，群賢聚集在一起，談詩論文，儼然竹林雅士，特別親切。衆家英雄的相逢，增添愉快的情趣，使金門的文壇熱鬧起來。可惜只有一年就揮別了，然而內心的愛戀卻朝朝夕夕難以忘記。

第二次到金門是民國六十四年，分發到金門任教，又與詩人郭緒良兄認識，他在政委會任監察室主任，相當忙碌，但談詩論文，精神百倍，通宵達旦。見面總有許多說不完的話，內容都是詩文。有時長慶邀我們到他家小酌一番，仍浸泡在創作的話題裡。真個「酒逢知己千杯少」，每次聚會都盡歡而散，想不到到了金門更多彩，情緒更新鮮。長空呼嘯而過的砲彈，多一份寫作的題材，豈是一般人能體會的。

後來長慶在山外主持《金門文藝季刊社》（現更名爲長春書店），由於經營得法，生意興隆，業務蒸蒸日上。我每周要到山外教會聚會，聚完會，鐵定要到他的書店打個照面，交換寫作心得，看看有何新書上市，見面時間雖不長，打一個問訊，閑談幾句話，情誼更友善，彼此更了解。我在金門任教七年，因此了解長慶是一個誠懇、爽直、重視友情的人，他是一個苦學的青年，對文藝的愛好，有相當的執著，是一個腳踏實地的生意人，也是個讀書人。

民國七十一年我回到臺灣，我們僅在臺北市見面過一次，以後除了保持連繫外，友情在沉默中保溫。每逢過年，他寄來漂亮的賀卡，鞠躬是禮貌的問候。有一年的賀卡他這樣寫道：「證明我没有忘記你！」溫暖、窩心；我也回函致謝，所謂「秀才人情」是也，心意的密合妥貼美麗。當我訪問大陸歸來，也將心得簡單的向他報告，讓他知道我仍活得還可以。

長慶的散文、小說，二十年前在《金門日報》經常讀到。他的文章情感豐富、技巧清新，對時代的脈動掌握很準確，鄉土的描繪深刻入骨。在此，有關散文小說部分我且不論，只將他的詩作評介。許多有名的文學創作者都有一個共同的現象：就是從詩入門，在詩的圈子裡混了一陣子，發現自己的性向或其他的原因與詩的調子不符而轉向，如像胡適就是一個標準的例子。再如徐訏，彭歌，張秀亞等，太多了，長慶也是其中之一，大概他不願作窮詩人而「情」才另有所鍾，這樣的情形我們都能理解。

我要評的詩只有兩首：一首是《慈湖行》；另一首是《走過天安門廣場》。前一首發表於《正氣中華日報》，是六十一年十一月四日；後一首發表於《金門日報》「浯江副刊」，是八十五年七月二十日。兩首詩相隔有二十四年之遙。

《慈湖行》，這首詩有一副標題——「兼致牧羊女」。從發表的時間來看，顯然的，它不是抒寫桃園大溪的《慈湖》，而是金門的一個風景點，與《雙鯉湖》緊靠在一起的《慈湖》。這個風景點不大，本來不起眼，經過國軍長城部隊的規畫、施工，竟成了名勝之一了。

第一節這樣發抒：

就那麼簡單地為了一個理由
不到慈湖心不死在我腦裡長久地激盪著
源自二杯陳年老酒

⋯⋯⋯⋯

作者生在金門，長在金門，可能對開發出來的風景點《慈湖》還未遊覽過，卻長久嚮往，而致「心不死」，使人想到「不到黃河心不死」有異曲同工的妙感，這是作者的激情非常純真。

第二節是：

慈心　慈孝　易君左
慈堤　長城　雙鯉湖
夢娜麗莎的微笑遠不及你底美

《慈心》《慈孝》是兩座亭子，由學人易君左先生題名，他是一個講求孝道的人，因這兩座亭子，使《慈湖》文靜秀美。「慈堤」「雙鯉湖」都是長城部隊的傑作，將夢娜麗莎的微笑來誇耀《慈湖》，這是主觀的感受，不過，可以叫人審視出《慈湖》靜態的麗姿是相當動人。作者的筆調刻畫到了深處。

在你柔情的波濤裡
我情願是一條水草

這種感受完全是詩人的情懷。「柔情」與「波濤」看來並不搭調，也不能協和，抑揚的情緒是主觀的反映，旁觀者可能無法領會，微妙的情懷，要深刻的心靈才能產生回響。「我情願是一條水草」，這是詩心柔順細緻的表現，也是詩情的一種展示，給人美麗、可愛的印象。

慈湖　啊　美麗的慈湖
當你底堤畔長滿了青草
我會再來
因為我還未見到那群可愛底羊兒
而牧羊女蹔居何處
怎不見她手持青杖底倩影婆娑

詩情到了最後，迴峰一轉到牧羊女的倩影上。牧羊女是金門的一個女作家，常有散文小說在報章雜誌發表。當年大家都是青春活躍，在飛騰的年代，作者與牧羊女經常彼此切磋，超然的詩情在堤畔逐水草築夢，婆娑的倩影與作者等待的心情倒成了這首詩的焦點，這是純淨的表現，隨讀者深思忖度，如何最恰當，最妥貼都可以。

另一首詩是《走過天安門廣場》，也有一個副標題——「兼致古靈」。天安門廣場是北京故宮前的一個大廣場，幾百年來全國的許多大典慶祝集會都在此舉行，這個廣場相當的大，初到這兒的人，往往分不清東西南北，本人曾多次到廣場漫步，到現在爲止，必須仔細思考才能辨明方向，非怪作者一開頭就說：

走在天安門廣場
怎麼搞不清東南西北
……
南邊是人民大會堂
（或許是北邊）
東邊是革命博物館
（或許是西邊）

的確，中國太大了，歷史太悠久了，走進天安門廣場就如走入中國的歷史，常常叫人迷失方向。我經常到臺北外雙溪的故宮博物館參觀，當我步入青銅器室，遠古的器物琳瑯滿目，美不勝收；邊欣賞邊讚嘆，又看到甲骨文，再又……因展覽室構思巧妙，轉來轉去，走失在展覽室內，轉不出來了；如進了八陣圖，甚至轉到了入口處，又再轉進去，細察明思，好容轉入線索，耽誤時間，因而懊惱、好笑。感覺中國太久遠，太大了，不仔細思考分辨，會迷失自己，摸不清方向。

那躺在水晶棺裡的老者是誰
那覆蓋著五星旗的老者又是誰
岸的這邊咒駡他是梟雄
岸的那邊歌頌他是英雄
夫子們啊　你們從歷史來　請回歸到歷史
老者已蓋棺　是功　是過
何以遲遲不下定論

中國的歷史常使人迷失。有的人迷失是不讀歷史，有的人迷失是少讀歷史，有的人迷失是誤讀歷史，有的人迷失是錯誤歷史；有的人選擇自己喜歡的歷史來讀，不喜歡的就揚棄；有的人博而不精，有的人精而不博；有的人戴著特製的眼鏡來讀，有的人是瞎子摸象，有的人俯瞰卻缺知細微，有的人讀中國歷史卻不讀外國歷史，許多英雄豪傑的癥結常在這些盲點上。老者已蓋棺，不錯，不是未下定論，人心早已下定論了；不過，環境尚未走入歷史，還在現實中飄浮，居於現實的考量，群衆未敢直言表達罷了。過去寫歷史大都操在帝王手中，改朝換代，由開國君主左右歷史，像「崔杼弒其君」的史家太少了。像司馬遷那樣的鐵筆也太少了，因此才有「成則爲王，敗者爲寇」的說法。今天的歷史則不然，一人不能遮天，日本人在寫中國歷史，美國人在寫中國歷史，德國人在寫中國歷史……。這些國家寫的歷史，可以給歷史一些正確的佐證。當年慈禧太后垂簾誰敢批評，誰敢說一個「不」字；今天慈禧的棺木已朽，後人給予無情的鞭屍。因此，此時此刻走入天安門廣場迷失是必然的。

走出天安門廣場
那醉人的容顏讓我不忍心離去
而歲月不再倒數計
決堤的淚水該流向何處
是長江　是黃河
或是遙遠的天國

揮起顫抖的手
想說聲再見也難
別了　天安門
何年何日再擁抱你

這片屬於我們的泥土

作者是一個愛國者，離開天安門時真不知淚水該流向何處?內心複雜矛盾的心情表露無遺，才會「揮起顫抖的手」。的確「想說聲再見也難」。作者的心情是真摯的、沈重的、純厚的，豐富的愛國情操言於詩表，是無瑕疵的赤子之心，太可愛了。

這兩首詩非常純粹，《慈湖行》情深而含蓄，真誠而不俗套，是自然的流露。詩句沒有刻意雕琢，掌握了主題的焦點，如果會欣賞略略有點愁緒。此詩也曾在《葡萄園詩刊》四十三期發表，詩人文曉村在該期「葡萄園詩話」中評論爲「表現最爲突出，是佳作中的佳作」。《走過天安門廣場》是作者心情赤誠的坦露，絕不是白痴或者色盲，而是對歷史的憂心，有强烈擁抱故土的意願。這兩首詩寫得很好，可惜長慶寫詩是玩票，不然，詩壇上將會有一顆更閃亮的星星。

一九九六年十一月廿九日於板橋

編者附註：

金筑。著有《金筑詩抄》《上行之歌》等書。現任《葡萄園詩刊》主編。《世界華文詩人協會》理事、《中華民國新詩協會》理事、《中國詩歌藝術協會》理事。

原載一九九六年十二月廿六日《浯江副刊》

《深山書簡》

或許，在人生的行程裡，我會
先行而去；走到一個遙遠的、
理想的地方。
屆時，請不要悲傷和流淚，
就以妳虔誠的心
來祝福我吧！

深山書簡

——之一　給曉暉

從山房回來，我不想提出一些離奇的問題來與你談論，過去的就讓它像春花般地凋零吧。未來的我們不談，更別管「溪流的懷念」是怎樣虛構出來的，「外加線上的單音符」不是一個頂灑脱的名字嗎？三年島上的實際生活，二年的構想仍然喚不起你沉睡的靈思，真想拉著你到仙姑廟燒把香。然而，神的影子在我們心目中是何其渺小，祂只不過是一堆腐蝕的白骨而已，我們並不能從其中燒出一把真理。吾友，不要忘了，一個人在極度悲切與失望裡，要振奮起潛在的靈性，才能發現一些意想不到的希望。文學是神聖的，寫；卻是我們的職責。工作的繁忙，心緒的不定，都不是正確的理由，難道你遺忘了我們三月三日底誓言；難道你遺忘了曾經去追尋那藍色底倩影。吾友啊：吾友！相思花爲什麼是黃的？藍色何以象徵著光明？我們不要爲遙遠而哭泣，自卑不是一種正常的心理，你不認爲活著是值得讚美的嗎？

日昨在谷丹家與風衣談起一個無知讀者的投書，人究竟是爲一張文憑而讀書的，抑或是爲求得更高的知識而讀書的？我不明白他是不滿現實；還是不滿社會？既然提出破壞性的建議，爲什麼不提出建設性的計畫呢？一個成功的藝術家不一定要具備著藝術學院的學歷，自學難道就不能彌補後天的不足？吾友，你是知道的，世界就好如一所大學，裡面有學不完的東西，難道說一張大學文憑就能顯示個人的「博學」；而注定一些自學者要被世俗所摒棄？這是多麼可怕的觀點呀！蕭伯納在他的自傳裡曾經說過：「我雖然沒有學位，但我認爲要比一般大學裡的學者還要來得有教育些。」可不是，他活了九十多歲還不停地在讀書、在寫作、在教育著自己。基此，我們能以什麼公式來爲學問下定義、定標準呢？

午後迎著霏霏細雨來到谷口，想從煩燥的心湖裡發覺一絲靈感的泉源，雨水從我斑白的髮際落下，好久未曾有如此的思維和舉動，要是你能有山谷之行那該多好！我會在石桌上擺上一瓶陳年老酒，且傾聽你的「二跛叔的兔子」。然而，此刻我們卻遙隔著一池死水，一重移不動的山峰，幻想雖可求得心靈片刻的慰藉，但太武山谷的獨居且將成爲我底歷史，我的青春也將隨著歲月的流失被山谷的陰影所吞失。是的，我爲我的理想而生，亦將爲我的理想而死。惟恐死後無人爲我立下一座美麗底碑石，或植下一株深深底墨竹。

吾友，夜已深沉，微風從窗縫裡飄來二朵小黃花，在燭光柔和的映照下，更顯得它氣質的不凡。心銘說：「愛花的人才懂得愛人。」若果你愛花，我願把管管的「天梯」借來，讓你爬上雲層堆裡，去摘下那朵藍色的小花。

原載一九七二年六月十三日《正氣副刊》

深山書簡

——之二　給丁心

謝謝你寄來的「曙光」。

曙光象徵著光明與希望。誠然，戰爭奪走去你金色的童年，幸福被戰火所吞噬，但你卻能堅忍自立，把露天當教室；把膝蓋當課桌，承受著多少艱辛與苦楚，爲求更多的知識而奮鬥。是的，人只要有信心克服環境，決不會被環境所屈服；一個生長在惡劣環境中的人，愈有奮鬥的毅力和勇氣。我知道你從未爲自己坎坷的命運或艱苦的環境煩惱過、痛苦過。甚而你還把這些煩惱痛苦看成是世間上必有的煙雲。然而，爲了那朵飄蕩在深山中的雲，何以會使你一蹶不振，陷入痛苦的深淵呢？我深知你用情太真，付愛太深，但卻不贊成你以生命作賭注。綠崗的風暴是幾許光年，層雲堆裡還有雲，飄走的就讓它走吧，走到深山秋谷裡，去飽受一季長長的寒冬。

吾友，文學的領域實在太廣闊了，當我要以身投向它時，才感到自己的渺小和微不足道。你說在中外衆多的作家中，你最喜歡的是海明威，而最不喜歡的是瓊瑤。海明威的作品中尤其是「老人與海」給予你很大的鼓舞和啓示。從他的作品裡，你獲得了一直往前奮鬥的勇氣，以及不畏艱苦的堅定意志，並獲知了人生的真諦（人不是爲失敗而生的。一個人可以被消滅，但不能被擊敗。）。而瓊瑤的作品，她筆下的故事都是畸型的、不正常的、變態的。從「煙雨濛濛」到「寒煙翠」，每一個故事的結局都是悽慘的、悲殘的，甚而把人與人的醜惡刻畫盡致，留給人的是一種「悵惘」的感覺，給予社會是一片「憎恨」，不能讓人向上向善。難道每一個男人都是那麼殘酷、無情、狠心？吾友，你精確的分析與見解已在深山中激起了一些迴聲，待明日雨停後，小女孩將攙扶我步下山城，去告訴那吱吱底蟬兒，請她做個送信人，好讓遠方的友人也能看到這片心聲。

吾友，此刻山谷正落著雨，雨絲夾著濃霧把山房染得滿滿的一片白。白色是純真與寧靜，是誰說過雨是詩人靈感的泉源。若果我是詩人那該多好，我可以在雨中寫下一首無名詩，寄給雲層堆裡的有心人。

何時能有山谷之行，我將上山去採擷一些野果，衷心地佇立在山房迎你。

原載一九七二年六月十八日《正氣副刊》

深山書簡

——之三　給谷丹

感謝你「凌晨的書」。

感謝你以亙古不變底心對金門文壇所作的努力與關懷。感謝不是形式，而是心靈的默契。我知道你從不計較這些多餘的俗套，但生在這個世紀裡，豈能不歸罪於世俗。我們雖不是英雄，但卻要對良心服從。你說，生於這個多難的時代，原本没有幾個朋友，我們内心所感到的語言，祇是潔心朗照。心靈像明月；友誼像日光，和地球永遠運轉不息的道理相同。假如世界上没有日月光芒的照耀，即使地球運轉那有什麼意義？人類没有友誼，生命又有什麼意義？吾友，你一生在愛的園地辛勤耕耘，可是爲求更多的友情？你從未想到爲友情所付出的還要收回什麼；被友情所出賣的亦只是吞下一杯苦酒。我預知你爲友情而生，亦將爲友情而死。

今夜群雲掩蓋了星空，枯葉遺落了風暴，悦耳的蟬聲已被黑夜所吞蝕，山房陰沉寂靜，我雖非神仙，但卻能享受這富有詩意的片刻。小女孩把一朵山花悄悄地插在門縫裡而後偷偷地溜走了，她害怕這黑夜的靜寂，甚而害怕一個瘋瘋癲癲的精神病患會出現在她純潔的心靈上。石原慎太郎說得對：「你們都不瞭解我，這些笨蛋！」雖然我們没有花式的面具要燃燒，甚至已把一顆美麗底心赤裸裸地展現在楓葉上，任風吹、任雨打，任一江春水向東流，而又有誰能夠理解到一位經年隱藏在山中的孤獨老者底心緒呢？唯一能瞭解我、陪伴我追尋永恒的，與其說是愛，毋寧說是一本天書，或是一杯苦酒。

時間，這變化無窮的鬼玩意兒，它翻來覆去還是計算的重覆者。可曾記得一九六七年的春天，山谷的春花開得正燦爛，你從遙遠的邊城爲飲一口谷中的泉水而來，然我無以招待，一只野果，一碗泉水竟能使你欣然忘懷，於是在汪洋爲我設計的剪貼簿上，你揮著筆，龍飛鳳舞地寫著：「生活，生活可不是混著好玩的，它是要叫你從針刺尖上認識人生。因此，生活揮著鞭，青年創作者的心靈含有太多酸楚，願你的作品啓示你心靈生活之真實價值，永垂不朽！」而今，風雨已吞失了第五個春天，我鬢邊的髮絲也失去了昔日的光彩。秋去冬來，日復一日，你在愛的園地裡已不再是孤單的園丁，而是終身活在愛情的花園中。然我默默，且想飛越傳統的防線，在這深山秋谷裡隱居一生，爲求一個理想的存在。

吾友，風暴可能暫時遮掩了光明，但我不會在黑暗中喪失希望，因爲星辰永遠在黑暗後面閃耀。人生也就是光明與黑暗相映成趣的；只有白晝而沒有黑夜的地方，不會有人類存在。虔誠地祝福你，在暴風雨夜的深山裡。

原載一九七二年六月廿一日《正氣副刊》

深山書簡

——之四　給汪洋

謝謝你《愛情的十字架》。

綠衣郵士已在夕陽即將染紅天邊的時刻送來山谷。我默默；山也默默，「愛情的十字架」神聖地肅立在我孤寂底心中。我情不自禁地雙手合掌，默默地唸著：「神啊。請讓我做一個有福的人吧，且容我與深山裡的那花那樹一起歌唱，活著畢竟是可讚美的。」然而，祂彷彿永遠聽不到我的禱聲，爲什麼總讓死亡之神緊緊地包圍著我呢？吾友，你是知道的，我對生命的確有强烈底追求慾，任憑活著多看一次夕陽，多傾聽一聲鳥兒的清唱，對我也是那麼地重要。

今夜，我獨自躑躅在滿天繁星的深山裡，腦裡一直飄蕩著一個題旨，想從戰鬥人生的觀點來談談「愛情與麵包」，不管我的論點對否，就請看完它吧！抑或是讓我在這漆黑的深山裡，讀給星兒們聽。

人生，是戰鬥的。

可不是，只要對人生稍有體驗的人，都會同意這句話。何況在我們日常的生活圈子，都會遭遇到兩面實戰的可能：一方面我們要與有形的敵人和惡劣的環境戰鬥；另一方面在我們內心又有感情與理智、人性與獸性在戰鬥。不管任何一方面的戰鬥，我們都得竭盡全力去應付，因爲即使是一次小小的失利，也會使我們蒙受很大的損失，甚至身敗名裂。現在我欲捕捉的不是與有形的敵人戰鬥，而是「愛情」與「麵包」在戰鬥。誠然，在廣大的人生舞台上，「愛情」與「麵包」只不過是衆多名詞裡的一個而已。然而，它卻是我們實際生活中不可或缺的東西，尤以我們的思維常會浮現出一個疑問：究竟是「愛情」重要，抑或是「麵包」值錢？究竟是「愛情」戰勝「麵包」，抑或是「麵包」戰勝「愛情」？這屬實要涉及到許多問題。站在「愛情」的基點上來看，又有誰說爲「愛情」犧牲一切是不應該的呢？然若站在「麵包」的立場來說，我們會咒罵殘酷的上帝，祂供給一切生物都有吃的東西，爲什麼獨讓人類的兒女飢餓著，逐使我們取得「麵包」而割棄「愛情」；爲獲得「愛情」而被「麵包」遺棄？雖然沒有人願意去嘗試那沒有「麵包」的「愛情」，但又有誰想過只有「麵包」而沒有「愛情」的日子呢？因而，我們都知道，「愛情」與「麵包」已在人類的心目中，發生極嚴重的衝突，它們隨時隨地都有廝殺的可能：誰是勝者？誰是敗者？我迄未思索出一個完整的答案，這是一件多麼悲哀的事啊！

吾友，山谷的夜總是那麼地陰沉。山房後面閃爍的金光，可是魔鬼即將出現的訊息？爲什麼它老是在石頭縫裡一閃一閃地爍著呢？上帝可曾是鬼？神又是什麼呢？當這些問題縈繞在我身邊時，我感到有點兒悽迷。所謂上帝，可就是鬼。神的影子在我心中所佔的地位是那麼地渺小啊！也只有隱居在深山中的人才能擺脫它，因爲這裡沒有教堂。

晚風徐徐地吹來，夜之情愫已靜止，我不能再寫些什麼了，因爲我是世俗裡的一個凡人，長久的無眠，被腐蝕的腦細胞再也不能復活。況且明天我還要上山去採擷一些野果，好換取一些「愛情」。

原載一九七二年九月十七日《正氣副刊》

深山書簡

——之五　給妙華

當生命的列車駛進第廿五個驛站時，妳逐從那綠色的夢季裡甦醒，以蒙娜麗莎般的微笑接受我遲來的祝福。早在這個日子尚未來臨時，我即以英雄之姿，覓尋遍野滿山，想擷取一枚生澀的野果來做爲我底獻禮。然而，近山是荊棘；遠山是高峰，我又是一個庸俗的凡人，深怕無法超越這道難關，因而不敢輕易地嘗試。所幸是妳已深刻地瞭解一位經年隱藏在深山中的孤寂老人底心緒，我不是向我婆子妳賣老；的確我的心已悽愴，再也譜不出一首秋風底戀曲，再也唱不出一句屬於我心靈底音韻。在妳這金色的生辰裡，雖然我不該選擇這支淒涼的曲子，悲觀底氣息亦非與生俱來，我何以會感染這份況味呢？或許，長久蟄居於陰沉的深山，冷冷的人心；冷冷的面孔，那裡還有孩子童稚的笑聲在耳旁響起？

謝謝妳給我底愛，以及深情的祝福和安慰。然而，我的腦子卻無法減輕這些負荷。那無彩的眼神；那腐蝕掉的腦細胞，難道西邊那顆早落的殞星就是我底命運？難道我是被注定要早逝的天才？今天本想在這金色的日子裡，說一些感謝和讚美妳的話，可是我是那麼地無能。長久的無眠，紊亂的腦子如麻底心，或許沉默就是我心靈最美麗最虔誠底祝福吧。一百多個日子的相處，妳清楚、妳明白我的貧窮和孤獨，而妳沒有怨言，總是那麼心甘情願地與我共度平淡乏味的日子。我真恥於述訴，那販賣腦汁得來的稿費，竟不夠爲妳買一雙絲襪，讓妳美麗光澤的雙腿飽受季節的摧殘；更不能買上一些胭脂來潤飾妳的面龐，讓妳擠身在這個現實的社會，分擔我肩上的負荷。以妳的學歷和相貌大可不必與一位孤獨的小老頭相處在一起，然而，想起我們的愛；想起我們以心以血換來的幸福，我們沒有不珍惜的理由，更没有理由不珍惜！

或許，在人生的行程裡，我會先行而去，走到一個遙遠的、理想的地方，屆時，請妳不要悲傷和流淚，就以妳的心、妳的愛來祝福我吧！唯一企求的希望妳能爲我立下一座美麗的碑石。

屍體火化後拋進海中，我不願與那些庸俗的人們擠在一起，做爲木麻黃的肥料。

原載一九七二年十月《金門文藝》第二期

《新市里札記》

歲月已輾過我們金色的年華
漲潮的時序已過，我們祈求
生命的潮水永遠永遠不退
能嗎？
只能祈望不要遇到大風大浪
讓它緩緩地、自然地
退向生命中永恆的沙丘

江水悠悠江水長

——新市里札記之一

江輪《中國之夢》終於起錨了，那嘩啦嘩啦作響的鐵鍊聲，給這悠悠的江河增添不少美的樂章。

我們何其有幸，在離開人間不遠的今天，竟能踏上這塊夢想中的土地，轉而航行在這條中國人引以爲傲的江上。江水雖然混濁，兩岸的自然景觀也被這世上最險惡的人類所破壞，但我們永無遺憾，恨不得俯下身去，飲一口長江水，飲出它的平靜祥和，飲出它的溫柔敦厚！

走上甲板的觀景台，黃鶴樓離我們漸漸遠了，它消逝在武漢長江大橋的暮色中。江輪也燃起了燈火，霧也開始輕飄，夜的情愫蠕動我們即將溢出的淚水，這孕育著中國最大經濟地域的江河啊；您是祖先遺留下來的光輝代表。

在船長的歡迎酒會上，我們舉起那注滿紅酒的高腳杯，爲我們相識三十年而在家鄉說不上三十句話的遺憾而乾杯；爲我們踏上故國河上仰望長江的星空，俯首悠悠江水而乾杯。然而，我們乾的不是紅酒，而是累積四十餘年思鄉的腦汁和淚水。我們輕輕地搖搖頭，含著淚水相視而笑。

那位年輕的經理說：

船長是江輪最優秀的船長
大副是江輪最優秀的大副
水手是江輪最優秀的水手
而我們呢？

我們不是口嚼檳榔、腰掛嗶嗶機、手持大哥大的「呆胞」。我們是來自金門，歷經八二三砲戰、六一七砲戰，沒被炸死的「英雄」，想不「優秀」也難！

江輪平順地航近那嚮往已久的西陵峽。在雲霧中，只感到山頭煙雲繚繞，橫陳的峭壁與那挺拔的線條交織成美的韻律，我們在觀景台久久地佇立著。突然，李白的「下江陵」不約而同地從我們口中輕輕地吟出：

朝辭白帝彩雲間
千里江陵一日還

雖然李白是由四川下江陵，而我們由武漢逆流遊江，不管它是順流或逆流，這首詩是我們最完美的詮釋。

在沙市的一個簡易渡口上岸，在船上待了將近七十幾個小時，能暫返陸地，也算是身心上的一種解放。儘管它不是我們理想中的城市，但這是我們的土地和同胞，我們沒有理由不愛它，不喜歡它。

在荊州城轉了好大一圈，雖然它沒有長城的雄壯和寬廣，但它卻環繞著整個荊州，那方方整整的巨石，那赤紅的小磚塊，砌成一個古老的城門，也告訴我們一個血肉相連的歷史故事。

想在城門下捕捉一些難以忘懷的美景，驀然，一隻驢子馱運著二桶水肥從身旁走過，那一杓一杓的人工肥料，卻能讓高粱地瓜快快成長，我情不自禁地深吸了一口，那熟悉而親切的味道，在異鄉長滿青苔的城門下，讓我回憶，讓我找回記憶——那五十年代農家生活的情景，怎不教人淒然淚下。

江輪航向雄奇險峻的瞿塘峽，我們由一艘鐵殼船接駁，再改乘小木船進入神農溪。這由長江分出的支流，溪水清澈見底，兩旁高聳的巖石峭壁，岩塊堆疊成册，好像進入了一個神話世界。船老大在船尾掌舵，兩位船夫在船頭撐篙，船老大唱起了不知名的山歌和情歌，那嘹亮的歌聲，那一陣陣的掌聲，以及那心靈滿足的笑聲，在這溪流峽谷間久久地飄蕩著。

突然，小船被一波急流沖向佈滿峭石的岸邊，只見船夫撐起長長的竹篙，把一邊的鐵茅對準巖石的空隙處，使勁地一撐，小船又回到原先的航道，這個驚險的鏡頭，或許只有在電影中才能看得到。

我悄悄地把救生衣的環扣解開，希望再遇到一次更大更險的急流，讓小船撞上岩石而沉没，其他同伴因有救生衣而生，我卻願意長眠在這與世無爭的深山溪谷裡，那空谷清音將是我最好的催眠曲，那溪底翠綠的水草將是我最柔軟的溫床。神農溪啊，神農溪：没有更恰當的辭彙來讚美你，而你的名字就叫美麗！

遠離《浯江副刊》這塊園地已足足二十年了。當初我們都有一個共同的心願：「要讓文藝的幼苗在這島上成長和茁壯」，在你接編副刊的那些日子，雖然有心要把它編得多采多姿有聲有色，但在現實環境的限制下，問題一一浮現在檯面，換取而來的卻是掛在唇角的那絲苦笑。文藝雖然是你的最愛，但長久從事新聞理論的撰寫，反而遠離了文藝，你我都一樣，交出的是一張空白的成績單，我們不感到悲哀，文友們爲我們而難過。

江輪到了重慶，也是我們旅遊長江三峽的終點。

重慶是霧都，也是有名的山城。放眼一看，一片白茫茫的濃霧，遮掩了整個山城的輪廓，從窗口望去，像似一幅沒有著色的抽象畫。看過三峽的奇偉蒼翠，再看那白茫茫的重慶，且也有幾分新鮮感。

臨下船時，《中國之夢》的服務小姐列隊來相送，在這美麗的隊伍中，那姿態輕盈，柔美、清麗可人的川姑娘正在向你拋媚眼哩。朋友，快快下船吧，重慶雖然也是我們的省份，但畢竟是異鄉。異鄉多美女，家鄉也不缺，如果時光能倒計三十年，我將在這濃霧茫茫的山城，以雄壯而略帶傷感的音韻，爲你們高歌一曲：

我住長江頭
君住長江尾
日日思君不見君
共飲長江水
此水幾時休
此恨何時已

只願君心似我心
定不負相思意

原載一九九六年八月廿七日《浯江副刊》

木棉開花時

——新市里札記之二

那天，你帶著《帶你回花崗岩島》來新市里，怎麼地門口那幾株天天見面的木棉樹突然感到很陌生，它們什麼時候長得樹幹粗大枝葉茂盛？那凹凸不平的主幹還長得一片片的青苔哩；地面紅磚的空隙處也冒出了幾株小草，倒也把它襯托得很柔很美。然而，詩人：當你投身在我的眼簾時，銘刻在你臉上的是血與淚凝結而成的成果，在詩之國度裡，你歷經多少心靈上的風霜雨雪始終無怨無悔，你忍受著同齡不該有的寂寞與苦楚，爲詩與藝術奉獻出你寶貴的青春，又有誰能真正領悟到——

我也想起那島
在遠遠的天際，憂傷化為鄉音
無人再走過，跫音沉寂
我依然
與一片冷冷風孤獨對晤

恆以流浪變換日子速度

在詩的園地裡，你得獎無數，印書數本的今天，你仍然沒有把家鄉這塊唯一的副刊園地給遺忘，那充滿感性的詩篇，那中肯的讀詩札記，讓文友們分享你成功後的喜悅。雖然，每位欣賞者對詩都有不同的解讀方式，但詩與文學卻從不歧視它生存的地方，因而，故鄉金門也是你選擇的一部份。

我們走出新市里，告別了那青翠的木棉樹，走向木麻黃的林蔭大道。七月火爐般的太陽，悶熱的氣溫，我們的汗水也開始滴落，滴在那乾枯的田埂上，滴在那龜裂的池塘裡，而那片辛勤耕耘的農田，枯黃的葉脈怎能結出豐盈的禾穗。

我是一顆種子
在覆蓋著苦難的土地
犁鏟下翻過身子，使勁爆開
從上古穿過漫長五千年
從黑暗中還原成
最淳香最堅實的容顏

詩人，這首詩的一小段是你在異鄉所寫，而當你目睹故鄉久旱不雨，眼看那一片枯黃的田野，已失去原有的青翠，像那垂死的天鵝令人惋惜。雖然你創作的背景是異鄉，他們有充分的水源可供灌溉，而家鄉仍然停留在舊有的年代，讓那些終年辛勤耕耘的父老，不知流的是汗水還是淚水，我們情不自禁地要問，人真能勝天嗎？

在烈日艷陽的陪伴下，我們滿懷歡欣地來到一個古老的小農村，在鄉村整建的方案中，當然，它也不例外。昔日的羊腸小徑已鋪上厚厚的水泥，牛舍豬舍在村子裡已見不到，那幽雅而整潔的四周，提昇了居民原有的生活品質，但人口的外流卻也讓它顯得冷清。在臨海的小路上，兩旁的野草野菜已逐漸地向中間延伸。沒人居住的古屋，破碎的瓦片，倒塌的石塊，堆疊在那株獨自生存的苦楝樹下。往日的四合院，只留下祖先的牌位獨守破屋，同時兼負著保佑旅外子孫的重責，祂們期盼有一天旅外的子孫能回來重修，以免再受到無情風雨的摧殘。

我們在巷口的陰涼處停下，享受著這頭與那頭對流的微風；微風卻也把我蒼蒼的白髮吹得一團糟，我並沒有刻意去理它，自然總比虛僞好。

我們繼續往東走，享受著市區所沒有的寧靜，品嚐沒有被污染的新鮮空氣。在復國墩的一家海產店停下，我們選擇鐵皮屋的二樓用餐，那寬大的窗户，足可飽瞰東海岸的風光。那湛藍的海水，白色的沙灘，險峻的巖石，北碇島就在我們不遠處。你用廣角鏡頭，把東海岸的美景一一記錄在底片裡。

我悄悄地取出那瓶存放很久的「約翰走路」，當斟滿小小的一口杯時，我們的視線正重疊在一起，詩人：酒不是靈感的泉源而是友誼的溫泉，乾了這杯再一杯；乾了這杯再一杯吧！然而，我們卻無心品嚐這瓶美酒，窗外迷人的景色，以及那聲聲作響的濤聲，讓我們久久地沉默。仰望那茫茫的大海，依稀看到那些爲躲避颱風而疾駛回港的漁船。我們轉回頭，看那酒盒上身穿紅衣戴黃帽，足登馬鞋右跨一步的「約翰」，他揮著枴棒，笑咪咪地站在那兒並沒有「走路」，而時光卻已走遠，雖然「約翰」不「走路」，但我們是該走了，走在這寬廣的人生大道。

祝福你了，詩人：當新市里的木棉開花時，我將把它寫成一首詩，寄給遠方的你。

原載一九九六年八月三十日《浯江副刊》

武德新莊的月光

——新市里札記之三

走過山外溪畔，我佇立在橋頭的不遠處，俯視兩旁低垂的楊柳，在惡臭的溪水滋養下；在不知名化學藥品的浸染下，卻也讓它產生無名的抗體，默默地成長茁壯，無言無語地低著頭，彎下腰，展現出迷人的丰采，等著人類來觀賞，來禮讚。

溪水的源頭是太武山谷，山澗的清泉流水，是誰改變了它清澈的命運？是誰讓它的溪水混濁惡臭？讓布袋蓮圍繞著整個溪面，像覆蓋一層綠色的布幕。

朋友，三十年前「溪流的懷念」，你懷念的可曾是環繞新市南面的山外溪？那時溪水清澈，水流潺潺，幾朵荷花含苞待放，幾隻野雁游上游下，逍遙自在。溪旁的青草地，歇腳的小鐵椅，多刺的紅玫瑰白玫瑰，把新市里美化成一座清新脫俗的小城市。而今天，這些景觀已遭破壞，商業層次是提升了，平地也起了高樓，青青的草地相對地減少了，可憐的市民們，該走向何處？在木棉道上漫步，或者到太湖畔打太極拳？

跨過馬路，走在圍籬下的紅磚小道，晚風徐徐，星光閃爍，月兒卻在遙遠處，這寧靜祥和的武德新莊啊！我終於走在你那不太寬廣的巷道上，敲開五十九號的金黃大門，那高大魁梧的主人，遮掩住我瘦弱的身影。

朋友，請坐。請坐，朋友。

坐。請坐。請上坐。

茶。泡茶。泡好茶。

那不必要的陳腔老調，在卅年歲月的考驗下，已離我們遠遠，我們擁有的是一份亙古不變的友誼。

費了不少時間與心血，你終於把「金門古式農具探尋」呈現在讀者面前。書的封面是一坵坵長著禾穗的高粱田，田的背後隱約看見的是一個小農村，你把美麗的景色，以及那頭戴「箬笠」，張著雙臂的稻草人也一併記錄在書本裡。然而，那斯斯文文的稻草人，君不見鳥兒正在啄食它的雙眼，與這欺善怕惡的社會又有什麼兩樣。鳥兒雖小，五臟俱全，膽量更大，牠們成群結隊，吱吱喳喳，蹦蹦跳跳，從稻草人的雙臂跳上頭頂，左觀右顧，怕的只是一個險惡的雙面人。

從整本書的架構上，你探尋的不只是古農具，你把故鄉的農耕文化，農民生活概況，都做了極詳細的報導和說明，光是一把「鋤頭」，一根「扁擔」，你都費盡心思以最美的效果，最能展現出古代風格的攝影技巧把它拍攝下來。你呈現給讀者的不只是一根「扁擔」，一把「鋤頭」，而是力與美的展現；是血淚相連的組合，相信讀者雪亮的慧眼，是最好的詮釋。

你經常地提起十二歲的那年，沒有馬兒高的個子，卻馱運著百斤重的食鹽，由西園經吳坑、經英坑，往大地的泥土路行走。而那稚齡的小馬，負荷不了沉重的貨物，四腿軟化在西山前的小坡上，鹽與「馱架」一起翻落在山溝裡，這雖然只是一點小小的記憶，但如果沒有親自去操作去體會，什麼是「馱架」，什麼是「馱籠」，什麼是「粗杓」，什麼是「牛目蛤」，會把新一代的年輕人，問得啞口無語。

朋友，我們都清楚，社會愈進步，工商業愈發達，國民生活水準愈高，相對地，農業的衰退愈快。我們守著祖先辛勤開墾的農田，不肖子孫卻和投機商人相互勾結，把那五十年代賴以維生的農田，建起了高樓，得到的銀子卻吃喝嫖賭樣樣來，儼然成了「社會人士」。然而，他們忘了，社會善變，時代要變，歷史也會變，老天如果有眼，就讓時光倒轉五十年，讓他們重新去墾荒吧，讓他們穿西裝打領帶去挑水肥吧！這些不知死活的「社會人士」。

廿年沒有進過你那佈置幽雅的小庭院，朋友，快快把那些裝蒜的蘭花搬走，你就把

「棕簑」跟「箬笠」掛在牆上。把「犁」、「牛軋車」、「馬軋車」、「鋤頭」、「釘耙」、「三齒」、「耙耒」、「十二齒」、「糞箕」、「巡箕仔」、「狗耙仔」陳列在庭院的左邊；把「粗桶」、「粗杓」、「馱架」、「馱籠」、「馱桶」、「馬籠頭」、「牛灌筒」、「牛目蛤」擺在庭院的右邊。而中間，中間，中間就放個「缸」吧！

想當初，你那感性的散文何止是「溪流的懷念」，在你心甘情願，無怨無悔投身在「鋤頭」與「糞箕」的同時，「粗桶」、「粗杓」、「牛目蛤」都是上等的文藝創作題材，吾鄉這塊副刊園地就期盼著諸位逃兵能歸隊，你拿「鋤頭」我荷「犁」；你拿「狗耙仔」我拿「糞箕」，繼續耕耘吧！我們期盼一個豐盈的季節。

朋友，夜已深了，月兒正停留在武德新莊的上空，照耀著這寧靜祥和的小社區。微風輕輕地吹起了我的衣裳，帶來了一絲清涼意。喔，是秋天了！

原載一九九六年九月七日《浯江副刊》

棕櫚青青致魯迅

——新市里札記之四

在往高崎機場的途中，我們冒著三十三度的高溫，在廈門大學的校園裡，想親睹你身穿唐裝、瞇著小眼的畫上丰采。兩旁的棕櫚樹，搖曳著墨綠與青翠，像護衛你的戰士。白色的馬賽克，貼滿你橢圓的拱門，《魯迅紀念館》五個蒼勁的金色大字由郭沫若親題，以他當年的「文化部長」身份，的確是對你禮遇有加。儘管岸的這邊稱他為「文丑」，然而，現在我們必須把「政治」與「文學」分開，因為文學是不必要去承受那些「政治」包袱的，先生，你地下有知也會同意我的觀點。

可是我們何其不幸，廈大正值暑假，朱紅的大門無情地把我們阻隔著，你在門的裡頭；我們在門的外頭，無緣瞻仰你粗黑的小平頭，以及唇上八撇中間多一叢的鬍鬚，怎不教人遺憾終生。尤其想到我們即將離開廈門，回到一水之隔而必須繞行萬里的金門。先生，如果你知道這一水之隔竟是那麼遙遠，想不生氣也難。那些「社會人士」口口聲聲高喊著兩門要對開。然而，開、開、開，曇花開時總一現，玫瑰開時只不過一天，那有花開不凋謝，此「門」焉能比「他」門，只有你兩旁的棕櫚樹，常年翠綠萬年青。因而，我們要「吶喊」，不是「彷徨」；我們要寫「狂人日記」，不是「阿Q正傳」。我們不願「阿Q」被槍斃，更不願他被殺頭。

那天在武漢的書攤上，我正翻閱著你那厚厚的小說集，想把兩岸的版本作一個比較，那位甜甜的女孩看了我一眼說：

——老先生，這是一本好書。

我微微地一笑，向她點點頭說：

——先生不老，只是華髮早生。

是的，這是一本好書。好在什麼地方？什麼地方好？我們都說不出一些令人心服的理由，也讓你道破了我們內心的感受。

——中國文人的假身段，好讀書；不求甚解！

從你的作品中，我們深深地體會到：你質疑舊材料；卻從裡面挖掘出現代的感觸來豐富你曲折的文人歷史感，更以道德家之姿，揭露中國世道人心的真相。你的執友瞿秋白說你是「中國文人階級的叛徒！」，先生，你可同意他的說法？

而令人不解的是你少時習醫，卻死於肺病。

五十六歲在平凡的人生裡或許是「老」年，而在你不平凡的生之涯，應該要解讀成「英」年；三十七公斤的體重，只是皮包骨，未完的「因太炎先生而想起的二三事」又有誰能替你續完？三十八歲你完成中國新文學中的第一篇白話小說「狂人日記」，繼而完成「孔乙己」，你爲「阿Q」立傳的那年已四十一歲，也是你文學生命的最高峰，文評家卻只用「文筆老練，思想深切」來形容你，來推崇你。

先生，此生雖然不能替你立傳，但在我「腦未昏」，「眼未花」，「手未抖」的有限歲月裡，必須儘快把你記錄在我生命的扉頁裡。

再見先生！先生再見！

廈門航空公司的班機已在高崎國際機場等候多時，當兩岸正式架起直航的橋樑，我將訂製一套唐裝、一雙布鞋，肅立在你的畫像前，向你致最敬禮！

只是深恐，未能如願先作古……。

附註：

一、「吶喊」一九二二年由北京新潮社初版，計收入「狂人日記」、「孔乙己」、「阿Q正傳」等作品十五篇，於再版時刪除「不周山」剩下十四篇。

二、「徬徨」一九二六年由北京北新書局初版，計收入「祝福」、「在酒樓上」、

「高老夫子」等作品十一篇。

三、右列資料參閱「秦賢次」先生編「魯迅年表」。

原載一九九六年九月十九日《浯江副刊》

蚵村掠影向黃昏

——新市里札記之五

從《榮湖》的堤畔走過，在金沙三橋的不遠處，我們右轉；在一條老舊的水泥路上行走，兩旁墨綠的秋季高粱，幾株早熟的主莖已吐露出結實的禾穗。前些時的颱風，並沒有把它們摧殘，反而帶來充沛的雨水，滋潤它將枯萎的禾苗，看那一片翠綠，豐收的季節也將來臨，辛勤耕耘的父老們，你們的汗水不會白流！

田埂上，白茫茫的蘆葦也隨著季節的變換，順著風向，彎下了腰，展露出兒時的記憶和舊夢。然而，我們沿著環島北路漫行，來到這臨海的蚵村，卻是爲了尋找築巢在這裡的「白頭翁」。

走進村子裡，一股鹹腥味來自屋簷下那籃未經剖開的海蚵。村婦以那粗糙而熟練的手，用蚵刀剖開蚵殼，取出肚白耳黑的鮮蚵，摺放在桌上的空罐裡；蚵桌歷經無數蚵殼的剖割下，佈滿著歲月遺留的痕跡。一小塊一小塊白色的小薄片是蚵殼的殘留物，隨著蚵殼內滴落的液體，含鈣的養份造就了「白頭翁」天生的硬骨頭。任憑最精密的捕鳥器，它都能靈敏機智地跳離人類設計的陷阱。在苦楝樹上、在相思樹上，在那棵總有百年的古榕上，築起了愛的小巢，唱起悅耳的歌聲，爲大自然平添一份難以言喻的美感。

我們在一幢古屋門前停下，「一落四舉頭」的福杉大門已深鎖。門外留下一張破舊的蚵桌，以及一些蚵殼；在歷經風吹雨打後，蚵殼已變得純白，它也是燒灰的上等原料。曾幾何時，「白灰」已被「水泥」所取代，不再受到人類的青睞，在大地裡，成了一個微不足道的小角色，也讓我們深深地體會到：當人類需要你時，你是一塊寶；不需要時，像要割除世紀大禍害似的，怎不教人寒心。

鐵絲網圍住的是海的那一邊，海水已退潮，一條畢直的海路在水面浮起，一塊塊蚵石，維持著養蚵人家的生計。他們默默地承受海水的浸蝕，含鹽的水份把他們的皮膚染成古銅色，任憑男男女女老老少少。棉製的工作手套已起不了作用，還是用粗糙的雙手比較靈活。一鏟鏟，鏟下的是無數個蚵的生命。雖然，我們是生命的共同體，但有你卻無我；有我怎能容下你?在宇宙中，你只是一個弱勢的生命，「弱」肉「强」食已是千古不變的定律。若你得「道」成「精」，人類還是會把你放進油鍋裡，炸出你的精華，作爲下酒的佳餚。

在蚵石周圍的泥地裡，那噴出小小細細水柱是血蛤的蟄居處，當我們把手伸入污泥中所拾取的血蛤，卻是蛤殼堅厚，肉質瘦小；我們的海洋已受到嚴重的污染，竟連血蛤也懂得以堅硬的外殼來保護自己，讓人類拾取的不再是肉鮮味美的海產；而是寄生在五味雜陳的污泥中，含有多種氣體的蛤類。它們多麼希望諸位老饕不要再拾食它們，讓它們無怨無悔，與泥爲伍；與海爲生。雖然暫時受到海洋污染的傷害，總比讓人類拾食好，畢竟還保有一絲苟延殘喘的生命，能活著，也是可貴的。

太陽已從巨巖重疊的太武山頭滑過，停留在碧波盪漾的海灣中。金廈海域裡，漁舟帆影，出沒其間。幾聲浪拍蚵石的巨響，告訴我們是漲潮的時候。海水逐漸地掩蓋了蚵石，湧來一些髒亂的雜物和漂浮在水面的油漬。如果人類再不妥善護衛著海洋生態，小小蚵村不久將失去原有的光彩，或許將徒留蚵殼向黃昏，怎不讓那些賴此維生的養蚵人家寢食難安，憂心如焚？

但願這夕陽映照的是湛藍的海水，不是養蚵人家。

原載一九九六年十月六日《浯江副刊》

千楓園裡楓葉飄

——新市里札記之六

在碧山環繞了一圈，我們沒有在這純樸幽雅的小農村停留。《睿友學校》的紅瓦屋頂以及獨特的仿古校門，依稀在腦裡盤旋；巨大的石柱頂著從內地運來的福杉樓板，壁上的石灰雖然有點剝落，先人的捐資興學也成了歷史。然而，從《睿友》走出的學子，不管從事任何行業，都沒有辜負先人的期望和教誨；雖然不是人人才華出眾，但就像這古樸的小農村，善良、敦厚、知書、達理，在這現實而令人不安的社會，我們還能企求什麼？還能期望什麼？

從它的北面，我們踏著潔白的沙路，經過一片密密麻麻的相思林，穿過佈滿三角刺而延伸到路旁的綠籐，我們管叫它「刺仔花」。每年的春天，它會開出一小朵一小朵白色而清香的花蕊。

刺仔花開白白
阿娘罵我不顧家

阿媽罵我不紡紗

這三小段兒歌，也必須用本地方言才唸得通。或許，它是提醒賞花的孩子們，別只管看花，不要忘了要看家、要紡紗。

我們順著那條被雨水沖得滿是小坑小洞的山路走下，《千楓園》三個紅色的大字刻在那塊扁扁的巨石上，人們爲它設計了一個能承受它的基座；鋪上了地磚，砌了幾口花盆，砍掉野花野草和木麻黃，從東西到南北，從山的這頭到那頭，從路的這邊到那邊，遍地植滿了楓樹，山頂的深凹處，卻架起了一座小小的拱橋，缺水多時的小池塘，青苔已乾枯地翻起了底部的泥沙，石縫裡的野草已失去了原有的生機，只留下尾部那些鼓鼓的種子，一經明年春風的輕拂；一輕春雨的滋潤，又是一株青翠而惹人憐愛的小小水草。

走過拱橋，在另一個小小山頭上，一座前清古墳完整如初，如果沒有海岸上那些高大的防風林阻擋住，它將可以日日夜夜凝視后扁沙白水清的海灘，以及對岸的漁舟帆影。先人講究的是風水，現代人也迷信了它，如果按先後順序排列的公墓，不知是否還有「好」風「好」水讓後人來改運？這是值得我們深思的問題。

《千楓園》由碧山往山后的下坡處爲起點，繞完了整個園區，卻品不出北國那種「楓葉紅，秋來臨，楓葉飄來滿地情」的況味。美麗的葉片已被蟲兒啃食得殘缺不全，蟲絲纏繞在葉與枝的間隔處，不完美的楓葉，又有誰願意來拾取？雖然美學家說殘缺也是一種美，然而，追求完美卻是人類與生俱來的本能。中秋過後將是深秋，楓紅菊黃在人間相互爭輝著。昨夜那颯颯的風兒，吹落了滿園的楓葉，把這小小的山頭染成紅紅的一片，儘管它殘缺不完美，這或許是天意，我們就試著來接受它吧！

原載一九九六年十月十二日《浯江副刊》

秋陽照慈湖

——新市里札記之七

我們把車停在慈堤西邊高大木麻黃的樹蔭下，針狀的枯葉隨即飄落在那不太明亮的擋風玻璃上，我們無語地提著相機，走在這秋陽映照的慈堤上，只爲了想飽覽慈湖漲潮時的自然美景，看那一波波柔美的浪花，輕吻著慈堤佈滿青苔的基座。

廿四年未曾重遊過的慈湖，它的自然景觀與視野，已被那毫無詩意的木麻黃圍繞住，幾十年來這批常年翠綠高大挺拔的樹木，護衛著這小小島嶼免於被風沙埋沒。然而，它們是否也該功成身退？或者讓它成守在臨海的第一線，島內這些景點就不能以其他灌木來取代？在冷氣辦公室裡的林業專家已遺忘了「林相改良」的專業名詞。我們打從鄭成功祠走過，英雄無淚亦搖頭，漁舟帆影在何處？

在慈堤的另一個角落，我們從木麻黃的空隙處仰望對岸朦朧的山巒，你用長鏡頭相機代替望遠鏡，那麼認真詳細地想記錄一些什麼，是山？是水？還是那波濤洶湧的大海？你的心扉、你的思維裡再也沒有那些優美的散文；梭羅與你無關，濟慈與雪萊離你更遙遠。

你心中已沒有孤獨和寂寞，你擁有一片燦爛的小天地，一張古式的「眠床」伴你到天明，往後將是「古井」與「吊烏」的探尋者。你深刻地體會到，文藝創作的生命是短暫的，再好的散文、小說和詩歌並不能與那些古文物相提並論，因而，你企圖為浯鄉留下一個完整的探尋記錄。

易君左親題的碑石已見不到東南西北的光芒，高大的木麻黃，覆蓋在慈亭的頂端；人工刻意染上的色彩，已難以與這自然的美景相搭配，我們想的難道是那「湖山隱隱籠輕碧」，還是「湖波淡淡斜陽色」？

在慈堤的東邊，我們目睹那水勢湍急的小小閘門，它順著海水的漲潮，穿過地下的溝渠，以雄壯的姿態快速地——像那無情底光陰，急速地流向北堤的養殖人家。只是溝渠旁的護牆，已失去了原有的牢固，就像那逐漸褪色的人生歲月，還能在它急湍的流水下撐過幾年？我們想的已不是風華絕代；而是殘竹敗柳。我們的心中已沒有熱血在澎湃，而是一杓死水。人生幾何？又要用什麼公式來計算，一年只不過是一個泥腳印，但我們又能踏出幾個生命中的泥腳印？是燦爛的、是輝煌的，或是不幸的！我們不需作任何的詮釋，從那裡來，就從那裡走，生命只不過是二個文字的重疊，雖然它曾經為我們帶來歡樂，但卻沒有帶走我們的痛苦，難道它是我們人生歲月的平衡點？就好比我們所站的慈堤，一邊是湖，一邊是海；「湖」與「海」總是生命的共同體，失去任何一方，總讓我們覺得人生的殘缺。

我們重新走回慈堤的西邊，潮水已漲到木麻黃下的鐵絲網，漂浮在水面的是那些令人厭惡的「保力龍」。公德心已從人們的體內剖離；虛僞、不實，好大、喜功，像披了一件綢緞綾羅的外衣，蒙蔽住人們的良知，留下一個蒼白的面孔，一個經不起風吹雨打的軀體，這叫新新人類，「只要我喜歡，沒有什麼不可以。」是的，歷史不會再重演，那些砲火瀰漫躲在陰暗潮濕的防空洞裡，他們沒有歷經過，卻自願與那金色年華擦身而過，墮落在那醉生夢死的可怕歲月。

潮水把堤邊那塊小小的沙丘也淹没了，濺起了一片白茫茫的水花，我們來不及捕捉它的艷麗，讓它那麼没有顧忌地來去自如，這叫自然。「美學家」也説過自然就是美。然而，審美也得看環境，看心情，我們真正懂得自然嗎？我們不懂；也不瞭解，因爲這世界處處充滿著虛僞，虛僞它遮掩住自然，既然我們看不見，怎麼能説懂。

秋陽此刻正在慈堤的上空偏西一點點，汗水從你鬢邊白色的髮際滴落，是秋陽映照下的悶熱？還是缺少一絲清涼的秋意？我們無語地把目光投向閃爍著金光的慈湖秋水，水波柔柔，湖水清澈，獨不見那翠綠青蒼的水草，難道我們的雙眼已花，歲月已輾過我們金色的年華？漲潮的時序已過，我們祈求生命中的潮水永遠永遠不退，能嗎？或許，只能祈望不要遇到大風大浪，讓它緩緩地、自然地退向生命中永恒的沙丘。

原載一九九六年十月十七日《浯江副刊》

在小徑南端的斜坡上

——新市里札記之八

瞻仰你「民族正氣」四個熠熠生輝的大字，是在中秋過後的一個上午。朋友把車停在護牆旁的路邊，長長的石階有我們高矮的身影緩緩而上。紫羅蘭的藤蘿已把你的衣冠塚團團圍住，綠葉與藤蘿相互纏繞，伸出一節教人不忍心折下的細嫩紅花；割下的野草和枯枝，燒成了一堆灰燼就在你的右前方。他們何止燒了野草枯枝，也沒放過那一地翠綠的草坪，淡薄的人情；世俗的雙眼，沒有人會覺得惋惜的。畫家與詩人總是與你擦身而過，就任那些庸俗的觀光客來踐踏。她們能看出什麼？知道什麼？受過專業訓練的導遊，說得口乾舌燥，她們卻揮著五味雜陳的小手帕，要揮掉淌在耳邊的汗珠，她們不忍心擦拭抹在臉上的脂粉，更深怕擦掉那虛僞的容顏。

朋友用傻瓜相機爲我拍下一個傻傻的身影。在你莊嚴肅穆的墓園裡，我們不懂得雙手合十喃喃自語地膜拜你，你的碑石與其他人並沒兩樣，只是文字有些差別，世人尊稱你爲「王」，其他人卻稱「公」。然而，黃土覆蓋的意義卻相同，你能看見什麼；又能聽見什麼？他能看見什麼；又能聽見什麼？只是你有高大的門樓牌坊，獨立自主地長眠在這依山面海的絕佳風水地裡，每逢你的生辰忌日，後人總不忘爲你上香奏樂，那悠揚的樂聲就好像這空谷上的清音，讓那樹、那花，那遍地的野草與你共享深秋的最後樂章。

在你塋前的涼亭裡，刻意粉刷的油漆已剝落，那些化學品終究是抵不過自然的腐蝕。地面上的水泥，已浮現出少許的沙石以及一條像皺紋般的裂痕，較爲完好則是撐著亭蓋的水泥柱。古銅色的千斤鼎，遙對著你異於常人的墓碑，不管太陽東昇，或是落日夕照，總能親吻你塋前最完美的裝飾，然而，它代表著什麼？可曾是你的「忠貞不渝」還是「大義凜然」？歷史學家已爲我們做過完美的詮釋。只是你的新塋或舊塚，是奉厝著你的「衣冠」還是「靈骨」？考古學家迄今仍然爭議不休，像那彈久了的琴絃，失去了美妙的音符。

朋友用手輕拍了那渾厚堅實的千斤鼎，想拍出它的茫然；還是莊嚴？怎麼地左看右看都像極了廟堂裡的大香爐，只是裡面沒有善男信女祈求的「香灰」，它真能潔身袪病保平安？只憑藉著人們無知的信仰，灰色的粉末攪拌著水，腹痛如絞要嘔出胃裡的苦水和酸水，再虔誠的膜拜已起不了作用。人，是個不折不扣的弱者，喜歡求神問卜來否定自己，讓神來引導，走向一個虛無飄渺的世界。

朋友重新擺好攝影家的姿勢，要我瘦弱的身軀立在千斤鼎左邊，要拍下一張老終時可懸掛在大廳牆上的照片，然而，我的手該放在什麼地方呢？插腰、雙垂、環繞在背後，或者撫摸著這千斤鼎的炕緣兒？而我的臉呢？是微笑、嘻笑、咧開嘴狂然大笑，還是繃著臉兒不笑？不，我該選擇衆生無法忍受的傻笑。在這個現實而勢利的社會裡，不必羨慕別人的豐碩成果，也不必計較無知者的批評漫罵，就讓我們傻傻地走自己想走的路，跌倒了；再爬起來，不要期望別人的扶持。

朋友提著傻瓜相機，怎麼總像背負著你塋前的千斤鼎那麼地沉重，他的汗水已由額頭往鬢邊淌滴著，晶瑩的汗珠可是承受著心靈中不可缺少的友誼，抑或是在這秋陽映照下的悶熱？他無語地凝望晴空，他想的可是這古典的莊嚴還是偉壯和榮耀?!

秋陽已停在柏樹的頂端，射下一道金色的光芒，然而，這金色的人生歲月我們將走完，晚景的淒然落寞總要來臨，只有你能光榮地長眠在這依山面海，常年翠綠，井然優美的山腰裡。

原載一九九六年十月廿一日《浯江副刊》

永不褪色的彩筆

——新市里札記之九

謝謝你邀我共賞「平生寄懷」書法水墨展。

紅色的邀請卡，隱藏著蒼勁有力的「淡兮其若海」，感性的邀請辭則在中間展露。烏雲密佈下的古厝，褪色的磚瓦，斑駁的白灰黏土，堆疊在巷口的棄石，你以細心的觀察，以藝術家敏捷的思維，不放過一磚一瓦；不放過那老舊而破損的一門一窗，把代表著浯鄉古色古香的傳統建築，溶解著古典的莊嚴和幽美，創造出你自己的藝術風格。

來到你展出的畫廊是在一個假日的晌午，鮮紅的花籃和賀卡，報刊的介紹和賀辭，如果沒有你高尚的藝術情操和素養，擁擠的人潮；簽名簿上的千名百姓從何而來。

走近那長長的桌旁，想在你那代表著尊貴的簽名簿上留下名和姓，然而，當我提起沾著墨汁的毛筆，卻總像千斤那麼地沉重，我的思維更像你尚未著色的棉紙，一片空白。我俯下身，握緊筆，該用「行書」，還是「草書」；該用「楷書」，還是「隸書」？讓我悵然不知所措。我輕輕地放下筆，像放下千斤重擔，怎敢在你書法水墨畫展裡，留下一個「行」、「草」、「楷」、「隸」四不像的名和姓。

在你那構圖新穎的「武夷」風光瓷瓶前，我們久久地佇立和觀賞，雖然你没有把「武夷山」三十六峰七十二岩全展現出來，然而，在有限的畫面上，我們仍然能看到那撲朔迷離、雲影縹緲、峰巒巍峨、氣勢雄偉、群山競秀的武夷景色。看那頭戴箬笠，撐著竹篙，在竹筏上飽覽勝景的老師父，我們想起了岡巒重疊、曲折蜿蜒、水流湍急、清澈見底的「九曲溪」。不錯，畫面是有限的，而我們的體會和感覺，卻是無限度底寬廣！

從古迄今，讀書人講究的是讀萬卷書；行萬里路。藝術家、畫家更講究觀山覽水來開拓畫境。也因爲你畫的不是西洋的「普普藝術」，你展的不是走在時代尖端的「不定形畫展」，我們可以肯定，你展出的每一幅作品，都是你親身的體會，真實的創造，不是只憑視覺去觀察而描繪出來的。

如果不上「武夷山」，畫不出「武夷」的雄壯。

没到過「威尼斯」，畫不出「紅都拉」的風情。

没到過「巴黎」，你能畫出遊艇交織，古樓教堂林立的「塞納河畔」嗎？

你用單一的墨色，交織著灰白，畫出清麗幽美的浯江溪畔的「清曉」；用濃濃的黑色把「九份山城」的石屋，畫出它古樸的偉壯和氣派；深淺交織的墨色，讓我們也感受到那份「懷鄉」的悽然況味；那秋風吹彎了腰的蘆葦，一輪明月就映照在浯鄉純樸的古厝上。

在現代繪畫基本論裡，我們曾經讀過如此的一段話：「繪畫是視覺上的一種藝術，絕非語言可以形容或描寫其萬一，它和音樂相似，是給我們傾聽，而非向我們解釋。」相信這也是對觀賞者最好的詮釋。

雖然我們詳細地觀賞了你的每一幅作品；然而，我們審美的眼光必須再造，藝術造詣尚待補强，無法更深一層地品出你高深的藝術意境，只能肯定你已爲浯鄉這塊藝術園地，立下一個永垂不朽的風範。

我們依依且也不捨，步履蹣跚地往來時路迴轉，踏上這象徵光明的藍絨地毯，兩旁的花籃綻放著各式各樣的花朵。誠然，你的每一幅作品都含蘊著汗水和淚水，然而，你面對的卻是數百朵數千朵盛開的友誼之花。友誼的馨香讓你品嘗到，虔誠的祝福讓你感受到：廿餘年的辛勤耕耘，你的汗水沒有白流，成功的書法水墨展不是你藝術生命的終結，而是你邁向藝術最高境界的開始；藝術之路何其寬廣，它像一望無際的浩瀚大海，而你是這大海裡的明燈，照耀著茫茫大海，也照耀著浯鄉這塊貧瘠的文化泥土。讓藝術的種籽在浯鄉的土地上萌芽、茁壯、開花、結果，也用你永不褪色的彩筆，畫出浯鄉的真、善、美！

原載一九九六年十月廿四日《浯江副刊》

蘭湖秋水

——新市里札記之十

辭別邱良功塋前的「文相」和「武將」，我們走在不太寬闊的小徑街道。原本熱絡的小市區，隨著駐軍的精簡，已讓歲月輾過它的繁華，像深秋的夜晚，留下一個冷颼的街景。然而，我們不是來採購販賣；也非來訪親探友，只想親睹心儀已久的蘭湖秋色，以及湖裡的波光水影。

秋陽映照著我們的身影，筆直的柏油路左邊的溝渠繁衍著生氣勃勃的布袋蓮，綠葉中間的紫色花蕊雖然讓人覺得低俗，倒也像綻放在小女孩頰上的笑靨，那麼地自然，那麼地美。

九重葛的綠藤，爬滿了白色的棚架，它何曾想到人們會以它粗俗的線條，庸俗的身軀來襯托，來裝飾這個白色的門面。長圓的綠葉，時而換上紫色的衣裳，不必人們刻意地澆水和施肥，它有耐寒、耐凍、耐熱、耐冷的本能，它的根深紮在平凡貧瘠的泥土裡，長出的卻是翠綠茂盛的枝葉。常年的翠綠，讓我們神情怡然，又有誰能領會它的存在，又有誰情願多瞄它一眼，只想在它的葉蔭下，躲避艷陽射下的金光。

在雜草叢生的湖畔，那白色的水花正親吻著長滿青苔的護堤。湖邊密集的相思林，挺拔的木麻黃，不知名的野花野草，把蘭湖妝扮成深秋裡的新娘。

趙恒惕題字的那塊岩石，紅色的字體頂端已出現了灰白相間的斑紋，它也告訴我們，燦爛的年華已逐漸地褪色；寒風、酸雨、烈日，使它「風化」而不是「老化」。「風化」過的石片即將剝落，光澤已盡；黃昏總有來到的一刻，儘管它周圍的草木扶疏，野花遍地，然而，它們只是眾生中的個體，誰管得了誰！

「蘭亭」，多麼美的二個字重疊著。秋末的北風，吹綴了碧波如鏡的湖水，水花像細雨般地輕撫著我們的面龐，髮絲像湖邊雜亂的水草，我們的心更像似漂浮在水面般地清爽自然。坐在蘭亭圓圓的石椅上，蘭湖深秋的暮色將臨，兩對小情侶相繼地走來，青春的氣息隨即洋溢在這小小的亭子裡。然而，她們卻無視於眼前老者的存在，高聲地喧嘩嘻笑，「尊老」，這二個字或許早已還給了夫子。這幽美的蘭湖景緻，她們已無心欣賞，講了一堆自認很「遜」的囈語，喝完的飲料空罐比賽誰擲得遠；男的、女的，同是一個模型的翻版。

甚麼叫「公德心」？

「公德心」就是「公德心」嘛。

嬌滴滴的聲音，柔美的音韻，空有一個「西施」的面龐；勢利的雙眼，虛僞的心，高傲兩字就寫在她的上唇與下唇，怎能與蘭湖秋色相媲美。

我站起了身，雙手扶著粗壯的欄杆，淺綠的水波盪漾在柔情的水面上，幾株水草隨波逐流，把這夕陽下的蘭湖美化成一個怡人的仙境。

微風吹亂了我蒼蒼的白髮，且也帶來一絲寒意。秋天即將走完輪迴的時序，秋雨卻下在陌生的草地上。北岸的楓葉已飄落在鄰近的田埂，凝望這盈滿的蘭湖秋水，光陰已沉没在水底。深秋看落葉；亭下白頭人，一份悽然的況味緊鎖在心頭。

原載一九九六年十一月一日《浯江副刊》

海燕飛過勇士堡

——新市里札記之十一

能記得你以「海燕」爲筆名的朋友已無幾。

無情的歲月像深秋的暮色，燦爛的時光已褪去朱紅的彩衣。一句「上樑不正下樑必歪」的諫言，讓你漫行在坎坷的路途上。然而，你無怨無悔地放下身段，多少莘莘學子從你諄諄教誨下走向光明的人生大道；走向幸福的旅程。他們何曾能遺忘那身著「中山裝」；黑黑的臉龐散發著青春氣息。上完「算術」，你沒有忘記要講點浯鄉的「大白菜」；上完「地理」，再來點浯鄉「蕃薯史」。你靈活地揮著教鞭，拍打黑板和講台，以慈愛的眼神，望著那天真無邪的學子，唇角的白色口沫在課堂上橫飛著，一聲聲地、一遍遍地重複的敘述，從「國語」到「地理」，從「歷史」到「算術」，從「音樂」到「體育」，從没難倒你。數十年的辛勤教學，多少學子已是社會的菁英，國家的棟樑。而你那逐日稀疏的髮絲，鬢邊深植的華髮，無力的眼神，瘦弱的身軀，有誰能想到六十年代的「大夜班」與「二兄弟之死」是出自你的手筆。在春之晨，在秋之夜，你聆聽「馬山」悅耳的聲響，在那層層的鐵絲網，在那佈滿地雷的邊緣，在那濕氣與霉氣交織的坑道裡，傾聽女兵向你述訴一個動人的愛情故事。「海燕」也飛遍了國內的報刊雜誌，文學的、鄉土的、藝術的、醫藥的，你知無不寫，當然，言總有盡時。翻開浯鄉文藝頁次，你是這行列裡的排頭，浯鄉的文友只有肯定，沒有否定！

回首五十七年的冬令文藝營，只有我倆是「校外人士」，其他學員青一色是「校內菁英」。在那些作家講師因氣候影響而不能按時來講課時，一陣陣熱烈的掌聲，把你簇擁上講台。那親切的聲音，那份對浯鄉文藝的關懷，迄今仍然在我們耳邊迴旋。然而，我們也都有同感，自古文人相輕依然在這個世紀裡存在著。自個兒不思、不想、不寫，卻深恐別人寫得勤，一旦在報章雜誌看到熟悉的名和姓，彷彿見到仇人般地不是滋味。又有幾位能針對作品坦誠討論相互鼓勵？一副假惺惺的面孔，冷嘲熱諷的語調，怎能隱瞞住我們也算簡單的頭腦，這就是我們文人的身段；不折不扣的假身段，怎不叫人寒心。

日昨，我們打從靠北的小農村走過，秋收的高粱穗晒滿了柏油路，讓車輛輾過它的豐盈，讓秋風吹走它的雜碎。新近完工的海堤，任那「九降」的潮水，也進不了這古樸農村的邊緣。海堤的盡頭，放哨的戰士守著那歷經砲火的碉堡。生在這個時代，大環境也改變了他們的命運，放哨像童時的遊戲，他們肩負的任務也改觀，寫在古厝牆上的口號也塗没，更没有那所謂的危機意識，像那依偎在母親身邊的孩子，總是長不大。

我們踏遍這古樸的農村的所有角落，你那古厝大門已深鎖，退休後你已遠離故鄉，而你文學生命豈可就此終了?!多少人期望你的東山再起，以你的人生閱歷與對文學的熱衷，浯鄉這塊文藝園地正期望你共同來耕耘，浯鄉熱愛文藝的青年朋友更需要你來鼓勵。而怎能讓那惱人的秋風，吹亂了你的髮絲，染白了你的鬢邊。異鄉總歸也是秋天，飄落在「頭份」的楓葉怎能會有浯鄉紅。我們從楓樹的空隙處，看到深秋裡的「角嶼」和「草嶼」，浪拍巨巖濺起的水花像片白雲，而那白雲的深處隱藏著什麼?可曾是春天的訊息，還是燕兒悅耳的呢喃?我們也無從找回兒時的記憶，初冬的冷寂將臨，一絲淡淡的冬陽，總讓我們想起溫煦的秋日，而燕兒早已飛過勇士堡，在異鄉築起美麗的窩巢。祝福二字不是寫在紙上而是深藏在心上，美酒愈陳愈香下一句是什麼我們都明白。光陰無情似海，下一代卻已成長，我們焉能再說年少，只是不甘心這惱人的秋風吹亂了我們的髮絲，無情秋葉有情天，友誼的馨香更恒久，且容我寄上虔誠的祝福和祈禱!

原載一九九六年十一月九日《浯江副刊》

榮湖初冬

——新市里札記之十二

來到汶沙里，是在深秋過後的一個黃昏。

初冬的暮色，像淡淡底水墨，快速地渲染著這片金色的大地。群沙飛揚在這幽幽的柏油路上，木麻黃成了我們心中唯一的綠意，只是針狀的綠葉多了一些土黃的色彩；在這初冬冷颼的小鎮上，我們就站在街頭的不遠處。九〇〇度的近視眼，一層層的圓圈圈在鏡片上，寒風豎起你烏黑而蒼勁的髮絲。你輕輕地揮起手，在我傴僂的身子投影在你眼簾的時候；而你瀟灑依然，夫人爲你親縫的衣裳更增添了一些俊氣。三十年的相知相識，歲月獨厚了你，讓華髮長在陌生人的頭上；讓皺紋深刻在陌生人的臉龐。而你精神抖擻，英姿煥發，四十五位國家未來的主人翁就寄託於你，雖然豆大的汗珠在你的額頭冒起，教學的認真與熱忱卻永不減退。你並非是那誤人子弟的老夫子，而是浯鄉教育界國小部的第一班。四十五本作業、四十五份考卷、四十五名從東南西北；從士農工商匯聚而來的子弟。四十五張嘴、四十五個不同的性情、四十五個希望全在你手中。而你無怨無悔，點頭是肯定的象徵；微笑是驕傲的顯示。你默默地犧牲和奉獻，把慈愛送給學子，把悶氣沉没在心底。而没人知道，你課餘時對文學的熱衷和執著：你的散文不是情感的發洩，你的評論不引用那些死教條。你依循的是一個知識分子的良知，二個小時三千字的評論在你手中寫成，你的快速度高效率讓我佩服五分。而你不捧、不吹、不罵，把祥和建立在你的理論上；把客觀寫在稿紙上；把敦厚銘刻在臉上。雖然不知你爲著什麼緣故而扔了筆，但時光已過後二十年，我們還有幾個十年二十年？當初你扔掉的那支筆，我已拾回重新換上筆尖，雖然你已改用了電腦，別忘了有停電的一刻；中毒的一天。無論科技再進步，文明再躍昇，有了雙手，才是人類的希望！

你是浯鄉文藝園地的過來人，它需要的是什麼，它期盼的是什麼？我們都心知肚明。也只有喚醒當初的有心人共同來耕耘，才能開出燦爛的花朵。雖然，老調彈久了會失聲，但沙啞總比無聲好，就好比我們聽不懂蕭邦第九號D大調鋼琴練習曲，但琴鍵上跳出的音符總是悅耳的，如果我們不仔細去聆聽它那喜悅與悲傷，憂鬱與激情，沉寂的大地總要讓人失望。

謝謝你把「螢」作最完美的詮釋，然而，悲情不是與生俱來的，生在這個現實的社會，「善」的一面我們必須歌頌和禮讚；「惡」的一面我們必須揭穿它虛僞的面目，讓真善美在我們內心平衡地滋長著。人生歲月即將走完，怎能善惡不分；不知美醜，尤其是「生命」這個變幻無窮的魔術大師，它要我們從什麼地方來，必須走回什麼地方，不想來不成，想不走也難。

你較偏愛我的小說「冤家」，你喜歡它的輕鬆，你喜歡一個充滿喜氣的完美結構，這與你完美的婚姻，幸福的生活，以及對人生充滿著至真、至善、至美息息相關。而我從苦澀的歲月中走來，歲月並沒有把苦澀帶走，人生也就是這樣交錯而成的，只有快樂沒有痛苦也構不成完美的人生，但如果沉淪在痛苦的深淵裡，卻是逃避人生。雖然不能把它擺在眼前來探討，以自身的經歷和體驗，它在我內心衍生的是什麼，我清楚。

我們緩緩地走向左轉的斜坡，目睹那縈湖美景，雙腳已不聽指揮，該左轉的卻轉向右。低矮的圍牆遮掩不了巷隔巷的古厝。完整的燕尾馬背，在冬陽暮色的夕照下，更顯得它的古樸和偉壯。堤畔的花草並沒有受到季節的摧殘而失色，三腳架支撐的灌木是松、是柏、是楓，已無關這自然怡人的景緻。湖邊斜堆的石塊，已佈滿泥色的苔蘚，湖水柔柔與天共色，雙旁遙對二個古樸的村落，左邊是「汶水」，右邊是「汶浦」。

走過盈滿湖水的拱橋，初冬的寒風已在「東美亭」上守候，我們凝望湖堤周圍的田野，幾隻晚歸的野雁低空盤旋，白茫茫的蘆葦花已飄落在田埂，初冬的暮色總沒有秋天那麼令人善感。湖水冷寂，視野已茫，「東美亭」的綠瓦紅柱光澤依稀，只是大師已無緣親睹榮湖初冬的景色。

荷鋤牽牛的老農夫已走過東堤，搖擺的牛尾是幾許光年，搖走的歲月永不復返，寒風吹縐了滿湖冬水，也吹縐了我們亮麗的年華，耀眼的彩衣已褪色，何時竟感染了這份悽然的況味？

我們無語地走過金沙一橋，兩旁蒼勁的木麻黃有颼颼的風聲響起，針狀的枯葉掉落在我們的頭上，太陽已西沉，街燈已亮，而我們心中的黃昏落日該沉沒何處，是浩瀚的大海？還是這初冬下的榮湖景緻？

原載一九九六年十一月十八日《浯江副刊》

大俠醉在溫哥華

——新市里札記之十三

此刻，浯鄉正落著雨。

門口粗壯的木棉樹，翠綠的葉脈已微黃，它不願在深秋裡脫落，卻選擇在初冬的雨下飄零。我們不懂植物是否也有輪迴，只感到新芽未萌時，豈能讓老葉掉落，怎不教人悵然與惋惜。

在台北藝文界，不認識你「大俠」的可能無幾，學歷無用論是你驢子脾氣的小調調，扔掉的大盤帽，讓你換取台北一片天。酸、甜、苦、辣，你全品嚐到。酸的總是擺在一邊，甜的與鄉親父老共享，苦的往肚裡吞，辣的是你籍貫欄裡「湖南人」的最愛。一半金門人的血液，你甘願爲它奉獻一生。擺在眼前的成果，讓你喜悅也讓你心酸，你的用心良苦，總會碰到無心人。政治是一種可怕的東西，我們雖然没玩過，但我們看過、體會過、分析過，雖然不能自稱爲第一流的頭腦，卻也不是世俗裡的「大條」。

十七歲時，你的散文已發表在「中副」，是這現實的人生讓你轉移了筆調，還是這無情的歲月？我們都不要遺忘，文學才是我們的最愛，文藝才沒有是非。十幾年的淡淡之交，老哥哥的建言你總是要聽幾句，在我即將走完人生歲月的此刻，你就再聽一次；再接受一次。以你十餘年來的人生閱歷，孕育在你內心的作品已成熟，含蘊在你腦裡的故事待你來發揮，「消逝的漁民國特」將會流傳千古，我們背負的是文學良知而不是政治包袱。

異國的情調總較新鮮與浪漫，溫哥華的紅葉可曾激發你創作的靈感；怎不見你楓葉紅似火的篇章？中華航空已將浯鄉的訊息帶給你，君不見這塊文藝園地除了注入新血外，老面孔也逐漸地浮現。老兵不死，也沒有凋零，當他們歸完隊後就選你當隊長，如果不帶頭交出美麗的篇章，只好拉到珠山靶場砰砰！

雖然，溫哥華的冬天寒冷非常。然而，文思的形成並不受氣候影響，也沒有地域之分，你曾說過：

再苦也不放棄自己的筆，

再難也不退縮！

以你對文學的執著和熱衷，半年一篇散文只能應付自己，卻應付不了以誠相待的朋友。任你重做英文國度裡的「小學生」，還是從事「多元文化」的進修，如果不把「想當年」的傻子精神搬出來，授你「博士」也只是專業學位，怎能再寫出那些感人的散文和詩歌。

朋友，溫哥華是一個擁有自然美景的國度，雄壯的洛杉磯山脈，深綠色的原始森林，美麗的湖泊，蔚藍的天空，到處是一片綠意盎然的景緻。鋪滿草坪的大地，貫穿樹林的道路，「獅子門吊橋」、「加比蕾峽谷」、「史丹蕾公園」那麼多的美景，可曾有你和婉珍挽手漫步的儷影？如果沒有南國的情調，想必總會有北國的風情。在異國的日子雖然是苦了點，但想起「牽手」即將拿到「博士」學位，得意的微笑，滿足的喜悅，足可讓你高興一千零一夜！一位扔了大盤帽的高職生，娶了一位「博士」太太，人世間的幸運和幸福，全降臨在你身上。當然，「大俠」也不是省油燈，十幾本著作擺滿一地，「文學博士」也比不上你的丰采。

溫哥華的月亮雖然皎潔可愛，但還是偏左了一點點，當你子夜夢迴，一份遊子的悽然況味怎能遠離心頭。台北的千金，故鄉的親情，當你倆返國時，不知是春天還是秋天；不知是夏天還是冬天，是否還能見到那白髮蒼蒼的忘年之友？

初冬的溫哥華，是雪花飄飄，還是冷風颼颼？未曾走過的記憶總是一片空白。在這北美景色如畫的國度裡，朋友，不要被法國的「潘羅也酒」迷惑，也不要吞下德國的「毛瑟酒」而不自知，且飲盡從浯鄉帶去的那瓶「陳高」，就醉在異國異鄉的溫哥華，當你酒醒的時候，也是你邁向文學之路重新出發的開始。不要忘了你體內奔流著浯鄉的血液與情感，更不要忘了——

是那一塊園地孕育我們走向文學之路。
是那一塊園地奠定了我們寫作的根基。
你心知。
我肚明。

原載一九九六年十一月二十日《浯江副刊》

父親與牛

——新市里札記之十四

時光不能倒轉，記憶則可翻新。

一九五二年三月，跟隨著父親辛勤地耕耘十餘年的老母牛，終於躺在那陰冷黑暗破舊的牛房裡。烏黑的樑柱，石灰斑剝的牆壁，蜘蛛總愛在它的角落結網，厚厚的踐踏物是牛糞、牛尿與細沙組合而成。每隔兩三天，父親總要到樹林外的那堆沙丘，挑幾擔細沙洒在剷平的牛糞上，一則可讓辛苦的牛兒有塊乾淨的休息處，再則那厚厚的踐踏物是農耕不可缺少的肥料。冬天農閒時必須先把它清理出來，挑到犁鬆過的田裡，或是尚有作物的田埂上，當春雨潤濕了大地，再一畚箕、一畚箕地把它鬆洒在田裡，穀物的收成，除了雨水外，這些原始的肥料有絕對的關係。

老牛再也不能動了，鼓起的大腹總有水缸那麼大，翻起的大眼像二顆乒乓，眼角晶瑩的液體，是不忍心遠離主人；還是辛酸的淚滴？是怪主人没讓它喘息；還是無言的抗議？我們無從知曉老牛的想法，更不知在牠那碩大的頭腦裡隱藏著什麼：是智慧的結晶，還是簡單的思維？爲什麼在祭孔時，男男女女老老少少爭著拔取牠細柔的體毛——叫智慧之毛。牠連一聲小小的嘆息也沒有，别說是哀號。

人總是喜歡創造一些美麗的辭彙來美化自己笨拙的身軀，一根牛毛它能衍生著什麼智慧?把它放在衣袋裡，把它別在胸前，把它插在鬢邊，可曾就能代表人類智慧的高低，智商的發達?人，怎能忍受「人」的無知，讓牛也笑我們笨。

賣豬肉的老王出價三百元，要把老終的母牛宰殺出售，父親悽迷地搖搖頭，老牛為我們辛勤地犁田；拖糞拉肥，儼然是我們農家的一份子，在牠老終時怎能再貪圖那些錢財，而任由人來宰割。怎能對得起那頭忠心耿耿、任勞任怨、只知付出不求回報的老牛。

那天午后，父親帶著挖泥剷土的工具，在臨海的許白灣細白的沙灘上，挖了一個大坑。滿是汗珠的額頭，頂上何時竟豎起了幾根蒼蒼的白髮，汗水由額上的深溝經過深凹的雙頰，滴在深坑裡，淌在沉重的心裡。

好心的鄰居，幫父親用麻繩牢牢地綑住老牛的前兩腿與後兩腿，僵硬的牛體是喪失體溫的徵象。牛嘴上白色的泡沫依然沾在唇角上，只是它已隨著體溫的下降而冰冷而凝結。

父親輕輕地取下牠橫穿過鼻孔的「牛槓」，總不能在牠即將入土時，仍然要承受著人們殘忍的束縛。半抬、半拉、半拖、半推地把數百斤重的牛尸搬上在牛房外的推車上，車輪隨即沉在沙地裡好深好深。是的，再過幾天，當歲月腐蝕了它的身軀，當流完滿肚鼓鼓的尸水，剩下幾根白骨就不會那麼重了。車輪沙沙的聲響，搖擺著舊有的年輪，龐大的軀體是它沉重的負荷。推車前的「牛軛車」，仍然繫著二條粗大的麻繩。原先由牛拉的「軛車」，父親卻把背負在肩上，好心的鄰居扶著把手，同心協力把老牛推向另一個草色青青的世界。

那晚，父親面對著餐桌上微弱的燭光默默無語。一小碟炒過的花生米是他下酒的佳餚，卻絲毫沒有減少。平常一杯酒能增加他血液的循環，能消除他一天的疲勞，此時卻多喝了一杯而略顯微醺。

「死了一條牛，就像死了爸爸讓我感到同樣的難過。」

他站起身，喃喃自語地，傴僂的身影在燭光下緩緩地消失……。

原載一九九六年十一月廿五日《浯江副刊》

燦爛星空

——新市里札記之十五

那晚，繁星在夜空閃爍，皎潔的明月已爬過木棉的樹梢，初冬的寒意直入心脾。二輛大型的迎賓車在廣場停下，妳姍姍地走來，滿口洋文畫破這寂靜的夜空，而我全然無以領會。孩子說左看右看看不出妳是洋人，生硬而不準確的中文，妳輕聲地默唸著余光中、管管和張默，怎麼妳不說連戰和方瑀呢？而獨鍾這幾位寫詩的文人。

那位魁梧的青年緊隨在妳身邊，深恐妳走失般地護衛著妳。中國人的面孔卻用洋文交談，總讓我悵然。妳翻了好些看不懂的中文書，就好比我聽不懂妳的洋文一樣地莫名。妳好奇；我何嘗不是。孩子聽懂妳幾句流利悅耳的洋文，把妳帶到一個妳急切想去的地方。出來後，妳說了好幾句「收累」，當然我聽懂是對不起或抱歉。而後取出皮夾，妳的身份已暴露在那張淡黃色粉彩紙精印的名片上，那些像工具箱裡的「螺絲起子」或「板手」的文字中，又夾著一些倉頡所創的字體。唯恐來到這五千年文化的國度裡，沒人知道妳的身份，是誰以娟秀的筆跡在那張小小的名片上寫著「韓國詩人」四個字。我實在猜不透「初莢」是什麼?當然,下面的「金良植」可能是妳的尊姓和大名。原來妳是來自曾經是兄弟之邦的「韓國」,只是妳們現實的領導者已偏離了方向,斷交是他一生洗不清的錯誤,那還有美麗可言;靠左是偏離人性的作法,違背了祖宗的意旨。雖然我們再三地强調文學與政治必須分開,有時也必須説上二句來消消氣。

以妳能參加世界級的《女記者女作家協會》的年會,你在貴國「詩」的席次和聲譽,不容我懷疑。或許妳已是名家、名詩人、名學者。妳朗朗上口的洋文,我實在聽不懂妳想表達的,妳也搞不清我想説的。誠然,孩子聽懂了一些,但也無法作完美的傳譯,只是大家開心地、愜意地笑著。

迎賓車的窗口傳來——那個韓國人還在書店。而妳卻聽不懂這句無禮的話語。如果他們能改換成——那位韓國朋友;還是韓國詩人,不是更貼切嗎?在我們自認爲高水準的文化國度裡,怎能讓聽不懂國語的朋友不受到尊重。從妳流暢的洋文,妳所受的當是高等教育,而妳那親切、和藹的微笑,讓我們同感黃種人的愉悦。

朋友印送的那盒名片讓我派上了用場,而妳怎能看得懂倉頡爲我們一流頭腦所創造出來的那些繁體字。妳很慎重地把我那張撕不破的名片放在皮夾裡,當妳回國翻成韓文時,妳會訝異地在金門碰到「愛書人」,雖然妳是「韓國詩人」,但我們都是「黃種人」,任誰也不能否定。

——韓國人快上車吧！

是中國人在講話。老祖宗爲我們絞盡腦汁創造的辭彙，竟然在這些高知識份子的口中語調全變、語音全失。在參加此次會議中，尚有四位來自「祖國」的會員，當然，同是中國人，總不能叫中國人上車吧，是否要說：

——大陸同胞快上車吧！

詩人，因爲妳聽不懂而不生氣，而我的火氣就像迎賓車尚未熄火的引擎那麼高溫地燃燒著，是我們教育的失敗，還是幼稚的高傲心態？詩人，對不起；我是很生氣的！

迎賓車一前一後地駛出新市里，初冬的街頭冷颼依稀。十五未到月先圓，滿天繁星閃爍，把它襯托得更柔美。在妳們分裂的國度裡，妳的故鄉是在三十八度的南邊還是北面？月兒是在中間還是偏了一點點？只怪那無知的政客把我們深厚的友誼塗上一些色彩。

再見了，詩人。何日重遊景致怡人，民情純樸的金門？何日再仰望這片美麗燦爛的星空……。

原載一九九六年十二月七日《浯江副刊》

《小說之頁》

在茫茫的人海裡，在這變幻無常
的社會裡，
一年的中學教育，滿頭蒼蒼的白
髮
老人斑紋已在臉上成長著
難道我該重新讀書，取得傲人的
學歷
把髮絲染黑，用虛偽來遮掩一切
險惡的人類啊！
你們不是口口聲聲要改良不良的

社會
要建立祥和完美的社會
為什麼無法取下人類勢利的雙眼
為什麼？　為什麼？

窄門

在一幢古老的樓房停下，那扇粗俗的朱紅大門終於開了。一股麻醉劑「福馬林」的濃味，隨即從門縫裡飄出來，令人有一種窒息的感覺。護士小姐伸出頭，以一絲職業上所特有的目光疑惑地打量了我一番，而後看看她說：

「妳已找到了保證人？」

她默不作聲，無神地瞟了我一眼，躊躇了片刻才點點頭。

「那麼快請進來吧。」

在候診室僅有的一張長凳坐下，門又重重地被關上了。長久缺乏陽光映照的四周，白色的牆壁已被霉黑所腐蝕。房内不停地傳來一陣陣低而陰沉的呻吟聲，一個矮胖的醫生從那道窄小的門裡走出來，他托了托滑落在鼻樑上的眼鏡，斜著頭，問護士小姐說：

「妳上午說的就是她？」

「是的，費醫生，她已找到了保證人。」

「那麼快去拿卡片來吧，好讓他們填。」

門。

護士小姐的倩影即刻消逝在那道陰沉的窄門裡；那道不知摧毀過多少無辜的性命底窄門。

醫生已發覺到她的不安與懼怕，緩緩地走到我們身邊，以一對充滿著虛僞底眼光看看她說：

「其實妳大可放心，墮胎只不過是一種輕而易舉的手術，何況我們已有給上百個不幸的女人順利地完成此種手術的記錄。而且這並不是妳的錯。」

她點點頭，像增加了許多生存底信心和勇氣。

「你是她的情人？」醫生問我說。

我搖搖頭。

「朋友？」

我仍然搖搖頭。

「同學？同事？」

我仍舊搖搖頭。

「你不要以一對尖銳的眼神來回答我的問話，我只不過是想爲一些不幸的女人服務。難道你不認爲墮胎要比叫女人去自殺道德得多嗎？」

我沒理會他的問話。

護士小姐又從那道窄門出來了。她遞給醫生兩張卡片，這也是手續的最後一部分了。「請你們快塡吧，」醫生說：「因爲我只有一個護士，三張病床，下午還有好幾位不幸的女人等待我爲她們服務。」

對完身分證。繳過錢。護士小姐引著她，隨在醫生後面急速地走進那道窄門。我像是被世俗遺棄的浪子，不停地在候診室裡來回的躑躅著。

窄門裡，斷斷續續地傳來一陣陣刺耳的呻吟聲和器具互撞的音響。漸漸地，那聲音由緩慢而激烈；由激烈而緩慢。我顧不了許多，猛力地推開門，醫生失色的臉龐再也滴不出一絲汗水。白色的產床，一堆沾滿著血的藥棉積滿了那只白色的磁盆，護士小姐的手再也握不緊那支夾子。我意識到這是手術即將失敗的徵象，要不，爲什麼她的臉上已失去了那絲生存的靈光。

紅色的藥棉又增加了它堆積在磁盆裡的數量，她也更靠近了死亡一步，這果眞是上帝的錯嗎？

醫生無語地停頓了他那沾滿著血液的手。終於她停止了呼吸，身上的暖氣也逐漸地從那滴滴的血液流盡。她不再呻吟；不再搖頭，人生對她已失去了價值，這可是上帝的安排，或者是她的錯？

「可憐的女人，這是上帝的錯，不是我的錯，何況我已有替許多不幸的女人，順利地完成此種手術的記錄。妳實在太不幸了；太不幸了。」醫生慈悲的說。

「是的，她是一個很不幸的女人。」護士小姐說。

醫生爲她蓋上了一塊白布。默默地洗淨了手。脱去工作衣。然後在一張陳舊的辦公桌旁坐下。

「你是她的情人？」他又一次地問我。

我搖搖頭。

「朋友？」

我仍然搖搖頭。

「同學？同事？」

我仍舊搖搖頭。

「那麼這意外的五千元你拿去吧，後事我會設法爲她料理的。」醫生說。

「你是説要以五千元來收買我，好爲你保守秘密?!」我說。

「既然你與她没有任何關係，這筆錢應可使你心折，何況賺錢是那麼不容易呀！」

「可不是，若果這次手術順利完成的話，我們才不過有二千元的酬報。這五千元的確不少，你就不要客氣地拿去吧。」護士小姐說。

「那麼你們要怎麼來處理她呢？」我問。

「這點你可放心，上帝不但賜予我們生命，也賜予我們一顆仁慈之心。我們會像手術成功時那麼乾淨俐落地處理她的。而且我們已有類似的處理記錄，一切情況良好。」醫生說。

「五千，」我頓了一下：「能不能再加點兒。」人性的尊嚴也逐漸地從我體內消逝。

「我們似乎不必爲一個不幸的女人來討價還價，這五千元你就拿去吧，何況這並不是我一個人的錯，而我還要付出如此的代價。」

五千，的確也不是一筆小數目，這筆錢足夠我在青樓賣笑的地方追尋人性的尊嚴。而且我不過是一個有名無實的保證人而已。既然不是醫生的錯，也不是上帝的錯，難道是我的錯?!

從醫生手中接過那疊簇新的鈔票，我以輕快的步履走出那道窄門，屋外的空氣清新多了，我攔了一部紅色的計程車，直駛那條閃著綠燈的窄巷。

在「江山樓」停下，小妞們一個個只披了一件蟬翼般的睡衣，一對高高的乳房是那麼地令人著迷，這就是人生，不然爲什麼有些人不惜以任何手段來取得它。

太陽早已血染了天邊，巷子的人也越來越多，但又有誰能比得上我呢？今天才讓我真正地體會到人生的樂趣。

在「江山樓」轉了一圈，找不到一個中意的，我又到「白宮」。「阿桃」，「阿雪」，「阿花」，「阿香」，她們的照片都被懸在甬道口的牆壁上。「阿桃」太胖，「阿花」又太瘦，還是「阿香」漂亮，就找她吧。

奶奶的，好久沒有來到這地方，心裡真跳得有些兒厲害。「阿香」的房間在樓上靠梯口的那間，她的確長得不錯，我一進門就把整個身子靠了過來，一股不知名的花露水味道直從我的鼻孔裡進入心脾。總算她小子沒有看錯人，知道我袋裡裝的是鈔票而不是衛生紙。我索性就把那疊鈔票掏出來，數了五張給她。

「阿香，給妳五百元，好好的侍候大爺。」

就這麼地，她把我的上衣脫了。這可是人性？

從「白宮」出來，我又走到一家冷氣開放的觀光旅社，人性的尊嚴也完全被這疊鈔票所蒙蔽。洗完了澡，服務生爲我端來一份點心，而且以她熟練的口吻向我說：

「先生，要不要叫一位姑娘？」

「多少錢?」我說。

「連住宿費一共是五百元。」

「什麼地方的?」

「咖啡廳。」

「沒有更好的嗎?」

「舞廳的要六百元。」

「他媽的,都是同一種貨色,爲什麼還有兩種價錢?給妳一千,給俺叫個俏點的,而且要不高不矮;不胖不瘦,溫存體貼的。」

我又掏出了那疊逐漸減少的鈔票在她面前示威了一番,她似乎有點兒懼怕,但我知道,她懼怕的不是我,而是錢!

很快地,我的房間來了一位俏佳人,銀色的高跟鞋,粉紅色的旗袍,奶奶的我底心總是怦,怦,怦地跳個不停,好像從未見過這麼美的姑娘,比起「白宮」的「阿香」那簡直「香」多了。可是只過了午夜,就被一連串的敲門聲破壞了這個以千金換取而來的夜之情愫。

「誰?」我不耐煩地問。

「開開門，先生，警察來查房間。」是服務生的聲音。

「媽的，有什麼好查的！」我捻亮了燈，那個赤裸著的女人也聞聲而起，趕緊穿上衣服，懼怕地四處回顧，似在尋找一個可以掩蔽的地方。

「砰，砰，砰！」又是一連串的敲門聲。

我不在乎地扭開司必令，兩個警察隨即而入。

「請你們把身分證拿出來對照一下。」其中一個操著不太標準的國語說。

「身分證？」我莫名而不耐煩地從上衣口袋掏出遞給他，「住一晚還要什麼身分證。」

「這位小姐是……」警察看過我的身分證後，指著她說。

「露水夫妻。」我說。

「對不起，先生，你們已犯了妨害風化罪，必須跟我們到派出所一下。」

「走，走，走！去就去！有錢找個女人睡覺也犯法，真他奶奶的邪門！」

我滿懷不快地往門外走。來到派出所，才凌晨一點多鐘，我與那個女的都被宣佈拘留七天。我彷彿又進了一道窄門，又多體驗了另一個生活滋味。「妨害風化」總是一個很洒脱的名詞呀，像我這個孤獨潦倒的人，有時也革了肚子的命，想不到還能找妓女陪宿而被拘留七天，這件事在我生命史上是很有紀念價值的事。「風流」原也不過是「風」之「流」，怎麼會胡亂地用這二個字來形容人呢？其實找個妓女陪宿原也不過是想解決某一種問題，可是人就是喜歡訂一些法條來約束自己。警察今天捉了我，若果有一天他找妓女陪宿，俺也要捉他！

第二天，洗完了廁所，所有被拘留的人都進了「悔過室」，我搶了一份報紙，社會新聞桃色案件我最關心，今天又有新的消息。

『竹園後溪浮起女屍，警方已掌握可疑線索，某密醫於案發後被扣押』

《本報訊》竹園後溪昨晚浮起一具無名女屍，身體已呈浮腫狀態，該女屍約廿歲左右，顯係未婚之少女。據法醫檢查結果，係墮胎後失血過多致死，而被拋入溪中企圖滅屍。警方已展開偵查，並接獲自稱為某診所護士檢舉電話一則，警方根據此線索，扣押診所費姓密醫，並已通過八號分機，追查一陳姓男子……。

沒等我看完，我的手已被一副沉重的鐵鍊扣住，兩名刑警分別挾著我的左右肩，我沒有問明理由，因爲人只有一顆心，所作所爲自己明白，爲什麼還要強辯與不認錯呢？父母既然生了一顆有血色的心給我，誠然我因貪圖某種歡樂而誤入歧途，但我的心並不因此而變色。

來到刑警隊，我被安排在一張靠背椅坐下，驚奇的是醫生和護士早已被請來，我是一位遲到的客人。

一個警察問我說：

「你叫什麼名字？幾歲？做什麼職業？」

「陳恨天。廿七歲。無業。」我說。

「你認識李心蘭嗎？」

「認識。」

「認識多久？」

「五天。」

「什麼關係？」

「沒有。」

「你何以會做她墮胎的保證人？」

「她的請求。」

「給過你什麼代價？」

「一碗羊肉湯。兩杯生啤酒。」

「你不知道墮胎會有生命危險，而且是犯法的？」

「我沒有讀過法律，只感到肚子很餓。」

這件案子很快地被移到法院審理，並於二週後宣判。

被告「耶和華診所」密醫費解。男。四十二歲。蒙古人。親為死者李心蘭墮胎致死，並將屍體投溪，以圖滅屍，罪大惡極，處無期徒刑，褫奪公權終身。

被告「耶和華診所」護士黃美。女。廿四歲。臺西人。協助主犯為死者墮胎，並幫主犯將死者投溪，以圖滅屍，罪大惡極，惟被告在犯後頗有悔意，以電話向警方投案，並協助警方破案，符合減刑條例，處有期徒刑十年二月，褫奪公權五年。

被告陳恨天。男。廿七歲。新疆人。無業。親為死者作保，且明知死者墮胎流血過多致死，而不報案，並收取密醫賄款五千元，以圖蒙蔽，罪大惡極，惟被告在接受警方偵查時，能坦誠認錯，頗有悔意，符合減刑條例，處有期徒刑五年。

雖然我對自己的罪狀不太明瞭，但法律卻是人訂的，我沒有理由不信服它。我也將從這道人性的窄門裡；走到另一道窄門。

原載一九七三年七月《金門文藝》第一期

附錄

「窄門」所表達的社會問題

谷雨

「窄門」不可能是一篇很好的小說，但從這篇小說中，我們可以找出這裡面仍然有一些可貴的地方。

現代小說的趨向，一爲社會的，一爲心理的，二者若能合併起來而處理好的話，便是一篇很好的作品。因爲現代，社會的急劇演變造成人類心理的異常，這就是現代人精神上的特徵。

在「窄門」中，「心理的」描述很弱，幾乎沒有；而「社會的」卻描寫得很好，從這篇短短的小說中，就描繪出現代社會的幾種問題：

第一、男人的不負責任，也是女人的弱點，那就是「懷孕」。未婚的懷孕成了社會的違章建築。所以那位動手術的醫生說：「難道你不認爲墮胎要比叫女人去自殺道德多了嗎？」如果以古老的道德標準來衡量的話，當然自殺比墮胎道德，醫生那句正是社會道德演變的縮影。

第二、醫生職業道德的没落，是任何一個現代社會的普遍現象。從文中醫生的面對金錢和逃避責任就可看出來，他說：「這是上帝的錯，不是我的錯」，之後又把屍體沉入溪底，意圖「滅屍」，這是現代人的不負責任。

第三、新興職業的繁雜：舞女，吧女，咖啡女郎，更有無數的多重身份的人，在這社會上扮演著許多種不同的角色。有的爲了生活問題而誤入紅塵，而有的只是爲了追求高級享受而出賣肉體，而這類事情也是社會型態所造成的。人類如果仍然停留在農業社會裡，舞女，吧女，咖啡女郎，那麼多的貨色，誰有時間去光顧？空間是罪惡的搖籃，人有工作做，誰也没有時間去想什麼新的把戲。

第四、工業社會的形成，使許多人失業，又貪圖享受，於是流浪街道，有錢，有吃，有玩的，只要有代價，什麼事都可以做。「窄門」中的主角，爲那位墮胎的女人做保證人，代價是「一碗羊肉湯，兩杯生啤酒。」所以當警察問他：「你不知道墮胎有生命的危險，而且是犯法的？」他的回答是：「我没有讀過法律，只感到肚子很餓。」

像「窄門」文中的女主角，是目前社會問題的製造者，在社會型態急速轉變的情況下，他們是社會的低下層者，社會拋棄了他，他成了寄生蟲，有的人甚至反而破壞這個無法容納他的社會，這樣而造成了無數的社會問題。當他們有錢時，他們吃、喝、嫖、賭，無所不爲；没錢時，又只好製造一些罪惡。

整篇「窄門」中，可以說完全是一些社會問題的揭露，這社會是無數的「窄門」，愈深入愈窄，唯一的界限是死亡，但死亡並不見得是底；死亡之後只是一個謎而已，是一個世界的結束以及另一個世界的開始，另一個世界到底怎樣，没人知道，人只是在猜測而已。

原載一九七三年十月《金門文藝》第二期

整

步下「陳外科整形醫院」的石階，一陣無名的喜悅在我心頭長久地激盪著。雖然用掉我幾年來的儲蓄，但再過一個星期，我的鼻樑將不再塌下去，會像常人那麼地挺直。左頰上的疤痕也會變得平整和光澤，不必再受到左鄰右舍那些長舌婦的欺凌和譏笑；孩子們也不會因有了我這個醜媽媽而對我產生厭惡。

生在這個現實的社會，的確不得不向世俗低頭。其實人的美豈只是建立在容貌上，若果一張美麗的面孔配一顆醜陋的心，我們該以什麼尺寸來衡量它呢？在現實的社會裡，人與人之間的情感已逐漸地稀薄了；人對審美的觀點也趨向了偏差，內心的美永遠不能彌補容貌上的缺陷，這是多麼悲哀的一件事。

其實像我這麼大的年紀，死亡之神早已在門外徘徊，我似乎不必再去管這個被世俗認爲是醜的標記。只要我力盡相夫教子之責，與鄰居和睦相處，做一個與世無爭的婦人也就死無遺憾。然而，愛美卻是人的天性，我並不希望自己是一個與衆不同的醜八怪。二十餘年來隱藏在我心頭的陰影，迄今仍然不能從我心中拂去。相反地，這道陰影更加熾烈地在我胸中衝擊著，我的精神幾乎支撐不了我醜陋的面龐。甚至我的兒女們也因爲我的醜態而有辱他們的人格。二十年的養育之恩都被我醜陋的臉龐所泯滅。雖然我無感於愧對他們，也從沒有因他們對我的惡感而有絲毫的恨意。仔細地想想，孩子是無辜的，他們何不想愛自己的母親呢？只是他們的心被這個現實的社會所同化，使他們也變得現實了，總認爲有一個塌鼻子、疤痕臉的母親對他們是一種恥辱，而遺忘了母親還有一顆美麗的慈心。要是孩子的爸不死那該多好，至少會改變孩子對我的成見。想起了孩子的爸，又會使我想起從前；想起從前，總會使我想到這個被折斷的鼻樑，以及臉上這塊醜陋的疤痕。二十年了，無情的歲月不知又在我醜陋的臉上增加了多少皺紋；在我的頭上增加了多少白髮。轉瞬間，雲兒已讀完了大三、榮兒也將高中畢業，眼看著他們姐弟倆逐漸地成長，九泉的他爹也該瞑目了。然而，我的苦楚卻隨日俱增，不管是心靈上的；或者是皮肉間的，像是歷經過多少風霜雨雪。孩子們都將受完中等或高等教育，可是他們幼稚的思維並沒有因母兼父職，幫人洗衣打雜，含辛茹苦供給他們生活上的一切而對我有所感恩。相反地，他們以爲父母做牛當馬，出賣勞力供給他們生活上的一切是應該的，是上蒼賜予我的責任。可不是，父母就好比是孩子們的傭人，一旦服侍不週，還要遭受他們的埋怨。尤其是像我這個外表有缺陷的母親，孩子們書讀多了，社交也廣了，一個醜陋的母親在他的同學或朋友面前是抬不起頭來的；甚至想侍候他們的機會都沒有，只能做一個隱道的小角色，永遠進不了客廳。記得雲兒第一次請同學到家裡吃飯時，就一直叮嚀了我好幾遍：

「媽！妳千萬別出來，讓同學見了不太好，晚飯就在廚房裡隨便吃一點好了！」

「好！好！媽不出來，媽不出來。」

想到此，淚水已爬滿了我多皺的臉，我怨恨自己，我怨恨自己的家教失敗，爲什麼竟讓孩子說出這種話呢？二十年前，爲了要把她從火海裡搶救出來，我的臉被灼傷了一半；又從二樓的石梯翻滾下來，折斷了我的鼻樑，好不容易止住了皮肉的疼痛，可是我的鼻樑卻塌了，左面頰的疤痕永遠是一塊醜陋的標記。這個隱藏在心頭的創傷，只有孩子的爹知道，也只有他的亡魂，才能讓我支撐下來。我童稚的孩子，又能聽誰述訴這個故事呢？或許他們認爲我是天生的醜媽媽，沒有資格做他們的母親吧。

爲了不願再在孩子的心中留下一點疤痕，我開始注意各報章雜誌的整容廣告。我想：整容院都是一樣的，沒有什麼技術性之差別，唯一相距著的可能是費用上的問題。當然，我企求的是費用愈少愈好，因爲不能超過我幾年來省吃儉用的儲蓄。經過幾次訪價，我決定選擇後街那家「陳外科整形醫院」，因爲廣告上說，院長是留日的整容專家，收取的費用也很公道。那天，當院長爲我檢查時很有自信地說：

「王太太妳儘管兒放心。我知道妳是貧苦婦人家，不收妳的手術費，醫藥本來要五千元，就給妳打九折吧，而且我們採用的藥品與人造軟骨都是獨家向西德購買的，效果非常好。」

「但願如此。」我心裡喃喃地唸著。

手術歷經了一個多小時，我隱約感到鼻樑有點兒疼痛，大概是沒有麻醉好的緣故吧？然而，真想不到左頰上的疤痕只需要在四週注射一種西德出品的整容藥水就行了，不必再開刀。早知道那麼簡單，我應該先把這塊疤痕整好才對，也免得多一個醜陋的記號。經過一番包紮，醫生說一星期後就可復原，與原來的面目沒有兩樣。我的心裡真說不出有多麼地高興，誠然我並不想成為一個美婦，但至少可以改變孩子們對待我的那絲惡感。

回到家裡，雖然傷口仍然很痛，但看到孩子們興奮的模樣，真教我慚愧萬分。母親外表的美，果真對他們那麼地重要嗎？若果母親只有一個美麗的軀殼，而沒有一顆美麗底心，孩子們又會以什麼來禮待她呢？天下沒有不愛子女的母親，而孩子們並不一定都有一顆孝敬底心。一個受新時代薰陶的孩子，他會嫌棄自己的母親是頑固份子；一個成長在都市裡的孩子，他會嫌棄生活在鄉下的母親是草地人。在現時代的社會裡，從未有父母不愛身心殘缺的子女，而子女卻不盡然，這是多麼地不公平呀！

翌日，被手術過的傷口仍然很痛，讀外文系的雲兒說：這是自然現象，不必大驚小怪。過了第四天，傷口痛得我坐立難忍。被注射過美容劑的左頰還有點兒浮腫，白淨的紗布，已流出黃色的膿水，這不知是手術即將成功的象徵，抑或是即將失敗的徵象？我不得不到醫院去找院長。

「王太太，妳是患了先天性的梅毒，塌下去的鼻樑不適宜安裝人造軟骨，必須再動一次手術把它取出來，我現在很忙，先給妳二包止痛藥吃吧，過二天再來。」

無語地走出了醫院，第一次出來時的愉悦已在我心中完全磨滅，上蒼怎不憐惜我呢？爲什麼那麼殘忍地讓我過著受人歧視的醜陋生活，難道我前世犯了什麼滔天大罪？

臉上的傷口愈加地疼痛，我實在支持不了如此的苦楚，甚而願意過一輩子殘缺的醜陋生活，也不願再受這皮肉之痛。

我又一次地到醫院，我的意願再也不是能將我塌下去的鼻子隆起，再也不想把左頰的疤痕整平，而是希望醫生能快一點爲我取出那塊人造軟骨，以及爲我治好浮腫而膿水四溢的面頰。我情願因塌鼻子，疤痕臉承受人們的譏笑，承受子女的冷言，再也不能忍受這種留日專家的整法，以及那種德國藥水在我面頰上所形成的疼痛。何況美只是一種形式，醜並不能貶低我爲人之母的價值，子女再怎麼地待我，總不能不承認有我這個母親，孝心那就要涉及到個人的自身問題。

見到院長，他爲我解開了紗布，我的臉不知被整成什麼式樣了，我不敢想像會是一張人臉，我的意識裡只認爲它是很醜陋的人皮。

「王太太，你一定是洗臉時不注意，把水灌進了針孔，引起發炎。妳的左頰已呈腐爛狀態，妳是知道的，我這裡是整容院，外科的設備要差點，就這樣吧，我還妳五百元醫藥費，妳還是到別家醫院看看較妥當點。」

我不想再在這裡周旋，我已預測到這是他手術失敗時所做的推辭。含淚地奔出醫院大門，攔了一部計程車，直往衛生院疾駛，我的目的再也不是去整容，而是去醫治我被整慘了的傷口。誠然我知道日後臉上還要增加幾道疤痕，但我還是慶幸自己的命沒有被整掉，那幾道疤痕又算得了什麼呢？

原載一九七三年十月《金門文藝》第二期

附錄

談《金門文藝》第二期的小說

——評「整」

凡夫

一

《金門文藝》第二期的小說，有微風的「立立和她的故事」、林媽肴的「誰是那個鬍鬚仔」、楊筑君的「蹉跎時光的人」、陳長慶的「整」四篇，以下的文字不算這些小說的評論什麼的，只能說是我對它們的一點看法、觀點或是小小的意見。所以，不敢言評，只是談談罷了。

就純文學的觀點而言，這四篇小說不可能成爲很好的小說；但以文學的社會觀來說，卻都是很「守分」的作品。因爲他們都給讀者一個很有主題的故事。這些故事在結構構意上提供了社會的一個角落、一個平凡的或不平凡的寫照，或是一件發生在你身邊而被你忽視的事件。也許你就是故事的主角，並不是說你被描寫了，而是說你可能和故事中的人物一樣，有相同的觀念、處境、或做法。錯誤的是，這些觀念、處境、做法都是不利的。所以，在「文學是服務的」及「文學是反映現實、表現人生」的觀點上，這四篇小說已經達到了某些目標，而就這一點就「值回票價」了。但就小說的題材、結構、主題、人物、語言、及表現面面觀，仍是各有長短。我們不必苛求什麽，如果有更好的，又何妨合力來開闢一座「文藝花園」，在大家的共同捐力輸血下，使金門文藝茁壯、開花、結果！您以爲對不？

現在，我想分別談談這四篇小說，說他們的好，也談他們的缺憾。因爲，我們相信作家需要鼓勵，不論物質、精神；更需要批評，不論諫言、濫論。鋪張的鼓勵使人麻醉而失去感覺；平實的諫言令人激發潛在實力；攻擊性的濫論卻使人厭惡。當然，我的「談」只不過是平穩的、紮實的意見。

五

在「愛美是人的天性」的大前題下，作者藉一件極平常的整容事件，揭發社會的現實、人類的膚淺無知，感慨「子如嫌母醜」的不再。在題材選擇上，雖新猶舊，但表現手法卻全然迥異。在「整」一文中，作者以低沉的語調，用獨白的形式，寫出爲人母之大不易，描繪一齣向世俗低頭的鬧劇，這齣鬧劇正如作者的筆調，低沉而令人慨嘆！

誠然，它不是一篇很感人的作品，卻能引起讀者的共鳴，或取得相當的同情。它是小說，我倒認爲它也蠻像一篇散文似的，這是一種直覺的看法，而且只是下意識的第一個感覺。我無意在小說、散文間做太明顯的辯議。胡適曾說過：「表情表得好，達意達得妙，就是文學。」只要能將自己想表達的情意，以最恰當、最能被讀者接受的方法表達，就是好作品。而發自心靈的呼聲，取自生活的主題，像此文低沉的獨白，那種對現實社會的批判，都是讀者極易接受的。提出社會問題，顯示不正確的觀念，以促進社會的改善，是作家對社會的責任。可以說的，「整」已表達了此項言責，這也許正是作者所欲表達的主題。

另外，作者所勾劃的整容院內幕，是一種利用人性的弱點，及與現實妥協的心理，進行的一連串敲詐，不誠實、誇張的試驗。情節的終局，無異是給予妥協者一道當頭棒喝：告訴我們，需「整」的是，我們的觀念和心理。

原載一九七四年十二月《金門文藝》第三期

再見　海南島・海南島　再見

一

一九九五年七月，我隨著旅行團，搭乘中國南方航空公司的班機，由香港飛往海口。說真的，在有限的人生歲月裡，能踏上這塊夢想中的泥土，它的不凡意義，遠勝觀光旅遊。

對於旅行團行程上的安排，我並沒有刻意地要求什麼。俗語說隔行如隔山，尊重專業也是我一生堅守的原則。更何況路途那麼遙遠，必須從金門—台北—香港轉機才能到達海口。

海口市是海南省會，也是「中國」最先擬定開發的經濟特區之一。它的硬體建設、機場港口的擴建、加工出口的設立、觀光事業的拓展，給海南帶來無數的就業機會與觀光人潮。

飛機很快地降落在海口機場，首先映入眼簾的是五星旗下二個斗大的紅字——海口。內心一陣茫然，隨即也浮起一絲無名的喜悅，我終於踏上這塊土地了。在通關的廊道上，看到的是五星帽徽下的「公安」和「武警」，但卻是我們的同胞。一份同胞愛油然而生，難以形容的親切感在內心激盪著。

「朋友們，你好。」我很想說。

通過關員的檢查，我們搭乘海南長春旅遊公司的遊覽車，沿著平坦的快速大道馳駛，兩旁高大的椰子樹，卻搖曳著三十四度的高溫，也證實海南的氣候，是我國的四大火爐之一。

車進入海口市區的海府路，行過「海南省人民政府」，我們在一幢樓高十五層，設計新穎，建築考究的酒店門口下車。抬頭仰望「海麗酒店」四個金色的大字，在夕陽映照下，更是金光閃閃，氣派非凡。

步上酒店的台階，首先看到的是一面銅牌，黑體字清晰地寫著：

本酒店接待外賓

港澳同胞、台胞

我無奈地搖搖頭，服務生爲我們啓開那扇明亮的玻璃大門，一股沁涼的氣體由中央冷控系統溢出，也讓從高溫烘烤過的我們，像似進入了一座舒適的冰宮。

我們坐在軟綿的沙發上，等待領隊分配房間。對面那張原木大桌上，擺放著一個銅製的三角牌，深刻著「大堂經理」四個字。一個看來清新脫俗的妙齡少女，正聚精會神地翻閱資料。好一位年輕美麗的大堂經理。我情不自禁地多看了她一眼。然而，從她的眉宇、眼神，一個熟悉的影子在我腦裡盤旋著，但卻一直無法找到答案，她是誰……。

領隊分配好房間後，高興地向團友們宣佈：

「各位鄉親！在我從事旅遊行業的這幾年中，第一次帶金門團。金門給人的印象是純樸清新。金門人更是敦厚善良。當酒店的負責人知道諸位是來自金門的貴賓時，指示客房部經理，要妥善照顧，加强服務，住宿費七折九扣優待，晚上七點在地下二樓的中餐廳，爲大家舉行歡迎宴會。」

天色也漸漸地暗了，晚上並沒有安排任何行程，團友們安置好簡單行李後，也就三五成群地來到中餐廳。在這富麗堂皇五彩燈光閃爍的大廳裡，我們好像進入戲中的皇宮。壁上的名畫、原木雕塑的桌椅、百年樹齡的盆栽、奇石怪木的擺設、幽雅整潔的四周、彬彬有禮的服務生，展現出一流酒店應有的水準，也讓我們深刻地體會到，投資經營者的眼光和魄力。

我們的席位由一幅折合式的仿古屏風與其他團隊隔離著。屏風上那對龍鳳呈祥的湘繡，表露出中國精緻的手工藝，孔雀開屏更提昇到最高的意境。

團友們一共十六位，必須分成兩桌，可能是我的年紀較大，被安排在主桌，並與主人遙遙相對。先行而來的是那位美麗的大堂經理，她一一地向我們點頭問好。繼而來的是一位身穿旗袍，氣質高雅的婦人。她由兩位男士陪同，我們相繼地站起，以掌聲來迎接她，但也讓我感到不可思議的是，大堂那位女經理，簡直就是她的翻版。

服務生很快地走過來，爲她拉開椅子，但她卻沒有坐下，以極感性而柔和的口吻說：「各位來自金門的貴賓，我是『海麗酒店』董事兼總經理，本酒店是中港合資的企業集團，也是涉外的三星酒店。樓高十五層，客房三百四十八間，貴賓套房五間，另設有『商務中心』、『多功能廳』、『酒吧』、『中西餐廳』、『商場』、『美容中心』、『桑拿間』、『三溫暖』等多種服務設施，以我們的住宿率及軟硬體設備，或許明年即可晉爲四星酒店。金門可說是我的『第三』故鄉，我在台北出生與受教育，在海南拓展事業，在金門住了將近四年。金門實在太令我懷念了，金門青年刻苦耐勞的敬業精神，純樸的民風，善良的習俗，都深深地印在我的腦海裡。不怕諸位笑話，我曾經與一位金門青年共同許下相互照顧的諾言，不管在天之涯或海之角。然而，卻因受到大環境的影響，失去了連繫，一晃廿幾年，但我並沒有把他忘記。」她傷感的語調，讓整個氣氛凝結。

我始終低頭聆聽，面對著端莊高貴的總經理，自卑的心理不容許我多看她一眼，只是深感那嬌柔的聲音，對我太熟悉，太熟悉了。

「今天，我以『孔宋家酒』來歡迎遠從金門來的嘉賓。」她說著，服務生也陸續地斟上酒。「大家都知道，孔宋在中國是大家族，也是名人，宋家的祖居就在海南的文昌。」她舉起斟滿酒的一口杯，繼續說：「請原諒我的自私，當我舉起杯時，我以熱誠的心、顫抖的手，先敬一位特別的客人。」她把酒杯高高地舉起，並沒有說明那位是她的特別客人。團友們都相互地斜視著，竟連那大堂經理與幾位高級幹部，都被她那突如其來的舉動搞得滿頭霧水。她緩緩地走出座位，所有的眼光也跟著她走；然而，她卻在我的身旁停下，一股巴芬碧可的香水味掠過我的嗅覺，我沒有仰頭看她的勇氣，我的心早已隨著歲月的流失如一杓死水，巴芬碧可與我何干！

「陳先生。」

那柔美悅耳的聲音把我從沉思中驚醒，我猛一抬頭，久久地凝視，是誰能喊出這麼親切的聲音，那曾經讓我日日夜夜苦思夢想的音韻。

「麗美。」我猛地站起，大聲地驚叫，所有的目光都投向我，「是妳！」

她含笑地點點頭，卻掩飾不了那眼角上的淚痕。這淚痕，可曾是思念底歲月所凝結而成的？

「對不起，諸位，當我發現陳先生的名字時，並經多方面查證，也印證了古人一句話——踏破鐵鞋無覓處，得來全不費功夫。原以爲他會先發現我，然而；沒有，廿年前他想的總比說的多，廿年後依然如此。」她再度舉起杯：「對不起，敬各位，敬各位。」她一飲而盡，服務生又滿滿地爲她斟上。

我卻無語地站在桌旁，內心交織著歡樂與苦楚。社會在變，環境在變，我單純的故國河山之旅也將生變。廿年過去了，卿卿我我的日子也過去了，苦思夢想的日子也過去了。我們的重逢是故事開始；還是結束？這變幻莫測的世界啊！讓我苦苦地思索著，何日才能給我一個圓滿的答案？

在香醇的『孔宋家酒』誘惑下，乾完了一杯又一杯。已盡興的賓主都有點兒飄飄然，而夜也深了。麗美挽著我的手臂，挽著一位白髮蒼蒼的小老頭，無視員工異樣的眼神。她交待客房部的服務小姐，把我的行李，送到十五樓的貴賓套房。

在大堂裡，我們遇到了那位美麗的女經理，原來她就是麗美在金門所生的女兒——王海麗。她快步地走向我們，拉起麗美的手，深情地說：

「媽，早點休息吧！」

「放心，媽沒喝醉。」麗美依然挽著我，幽幽地說：「孩子讀的是企管，先讓她在大堂見見世面，小小年紀很懂事，將來就看她啦！」

「海麗，妳也早點休息吧。」我微微地向她點點頭，低聲地說。

「陳叔叔晚安，媽媽晚安。」她向我們揮揮手說。

我們在貴賓套房的長沙發椅坐下，服務生沖來兩杯熱茶，也爲我們拉上了窗簾。然而，麗美卻從冰箱取出兩瓶啤酒。

「大熱天喝茶。」她嘀咕著。

「熱茶能解酒呀！」我說。

「我也沒喝醉，解什麼酒。」她理直氣壯地說。

「從沒聽過酒醉的人說自己醉了。」我取笑她。

「不信？」她不服氣地拿起電話，按下服務鍵，「來一瓶『孔宋家酒』，兩只小杯。」

「麗美。」我側過頭，久久地注視著她，那紅紅的小臉，那水汪汪的雙眼，在燈光柔和的照映下，更嬌媚，更艷麗。

「陳先生。」她拉起我的手，在我的手背上輕而有韻律地拍著，拍著。並沒有說什麼。

服務生把酒送來，並一一地爲我們斟上。突然，我想起了兩句歌詞：

人說酒能解人愁
爲什麼飲盡美酒還是不解愁

難道麗美有什麼愁要解的嗎？不，不會的。看她滿頰充滿著青春與幸福的氣息。

「麗美，既然酒已斟上了，我們就喝吧。把廿年苦悶時光喝掉；還要乾完那滴滴的相思淚……。」我一飲而盡，傷感地說。

「陳先生，過去的就讓它過去吧?!今天的重逢就是我們新的開始。」她安慰我說。

我們默默無語地靜坐著，時而隨意，時而乾杯；時而她把被酒精燃燒著的小臉靠在我肩上，時而環抱著我，時而把頭依俯在我的懷裡。然而，在我們體內奔放馳流的，不再是青年的激情和熱血，而是老年的相互依靠。廿年前那相識相知的短暫時光，她並沒有忘記，要不；以她今天在海南商場上的身份和地位，一個孤獨的小老頭，一個在人生舞台毫不起眼的小角色，如果沒有真情的流露，在晚宴上她能說出那些感性的辭彙嗎？能夠不計員工異樣目光的注視，而挽著我在大堂上漫步嗎？能斜靠在我肩上，把小臉依偎在我滿身酒臭與汗臭的懷裡嗎？如果沒有感情基石，一切都是「不能」與「不可能」。廿年前認識她時，我並沒有以她所從事的行業來對待她；廿年後的重逢，她並沒有以商場上貴夫人的姿態來對待我。一切都歸於自然，歸於亙古不變的情誼。如果我是一位玩世不恭的金門人，或許，今天我所受的待遇不是如此。也讓我們深刻地體會到：生在這個現實的社會裡，個人的命運不同，際遇不同，但人格是相等的。我們面對的是一顆坦誠的心，不是靈肉的尋求；是相互關照，不是相互利用。

麗美已不勝酒力，她溫柔地；毫無顧忌地把雙手環抱住我的腰，以我的腿當枕，睡得很香很甜，像睡在幼時的搖籃裡，不知人世間的險惡，只感到甜美溫馨。

我爲自己再斟上一杯酒，然而，卻品不出『孔宋家酒』的醇香。身在異地，在這涉外的三星酒店裡，在那迷人的燈光下，懷裡摟抱的是柔情美麗的佳人，世上所有的幸福都凝聚在我身上。如果此刻「生」與「死」能讓我自由選擇的話，我寧願選擇後者，讓我含笑地走向天國，絕不回頭。

我飲了一口酒，把頭仰靠在沙發的椅背上，閉上沒有睡意的雙眼，往事像那繚繞的雲煙，一幕幕，一波波地從我腦裡掠過……。

二

那年，我廿三歲。

司令官馬將軍核定我出任直屬福利站經理，並兼辦防區的福利工作。我們的業務範圍除了要執行低價服務，四大免費服務，還督導福利中心，管理電影院、文供站、特約茶室。業務雖然繁瑣，但執行並沒有多大困難。只有特約茶室是最複雜，又不能缺少的單位。有了它的存在，解決了沒有家眷的軍中同志性的需求，也減少了時有發生的同性戀問題。因此，除了在金城設立總室外，還在沙美、山外、成功、小徑、庵前、小金門的東林、后宅、青岐、大膽都設立分處。甚至爲了配合《慈湖》的施工，還在安岐設立機動茶室。孔子說：「食、色，性也」，或許將是最好的詮釋。

誠然，茶室的設立不僅解決了軍中同志「性」的問題，也給防區增加了一筆可觀的福利金收入。然而，面對著十餘個單位，一百六十幾位侍應生，一些複雜而下級無法解決的問題，都必須由我們業務承辦單位會同相關部門一一給予協助和克服。最可怕的是存在已久的弊端，如管理員做假帳、以假原始憑證來報銷、售票員收取侍應生的紅包、不肖員工的白吃白嫖、醫務人員對性病檢驗不實……等等。在長官的指示下，我們擬訂了管理規則，除了每季的業務檢查外，並視實際狀況做不定期的突擊檢查。

一九七一年三月，正是金門的霧季。五號那天，我們會同監察與主計單位，突擊檢查金城茶室。總室設在金城的民生路，是一棟舊式的平房，分隔了四十八個房間。房間的門框上以紅色的阿拉伯數字寫著號碼，侍應生也隨著房號而被定位在一張雙人床、一張小桌子、一個布衣櫥、一只小水桶、一個臉盆的陰暗房間裡，過著神女生涯。

我負責抽查與核對前一天的售票記錄與加班票。在售票員公平公正的配票下，每位侍應生售票數也相差無幾，倒是發現十二號的王麗美，她所售出的票數與加班次數都比一般侍應生高出很多，我向管理員調閱了員工簡歷冊。

王麗美。海南省海口市。高中畢業。三十七年三月廿四日生。

翻閱了整本簡歷冊，就連職工在內，高中畢業的只有三人，是不是因爲她的高學歷票房記錄也高，抑是另有其他因素？我拿著售票記錄表，由管理員陪同來到十二號房。一進門，一股廉價的香水味迎面飄來，我揉揉鼻子，睜大了眼睛，那王麗美可真是異於一般侍應生。她容貌清麗，氣質非凡，笑咪咪地從床沿站起，以柔和的語調說聲：

「請坐。」

「謝謝。」我微微地向她點點頭。

當管理員説明我的來意，她立刻從抽屜裡取出一疊黃色的普通票以及紅色的加班票。經我一一地核對，並無不符之情事。我請管理員迴避一下，問了一些有關管理方面的問題，她都能詳加答覆，並沒有什麼不滿意的地方。我請她在檢查記錄表上簽名存證，那娟秀靈活的「王麗美」三個字更令我佩服，以她各方面的條件，換取高票房，並沒有讓我懷疑的地方。驀然，我發現她的衣櫥上，用木板橫墊著，擺了好多書。我情不自禁地走近一看，發現她所閱讀的範圍真是包羅萬象，竟然還有一本不易看到的「文藝心理學」，這本從哲學分支出來的美學，是滯留在大陸的作家朱光潛先生的力作。也因爲他滯留在大陸，其他作品如：「給青年的十二封信」、「談美」等都被列爲禁書。在那個年代裡，攜有它的人，被安全單位查到，罪名可不輕。

我順手取下它，隨便翻了一下。

「你很喜歡看書？」我轉過身，低聲地問。

「你是説侍應生不能看書？」她收起原先的笑容，反問我。

「不，不，我不是這個意思。」我搖搖手，把書放了回去。收拾好檢查表，快步地離開。

雖然，「文藝心理學」是我急欲想看的一本書，而令我費解的是藏書數千冊的《明德圖書館》竟然找不到這本書，反而在侍應生的房間裡看到。這本書所以特別引起我的注意，是姚一葦教授在「藝術的奧祕」裡多次地提到它，我必須做一個印證。一股向侍應生借書的念頭，不停地在我腦海裡盤旋著，但我還是提不起這份勇氣，內心充滿矛盾與懊惱。

或許，每位侍應生的背面都有一個悲慘而動人的故事：戰亂的分離、家庭的變故、社會不良風氣的引誘等等，都是組成這些故事的因素，我相信世界上沒有天生的神女。以王麗美的相貌，並受過完整的中等教育，她的故事將會更動人。然而，我承辦的業務並不包含打探別人的身世。雖然，有些是很好的寫作題材，但如果爲了本身的利益而去揭發別人含淚的身世，未免太没人性了。

終於，我利用一次福利單位業務會報的機會，請金城總室的事務主任，代我向王麗美洽借「文藝心理學」，很快地書已借來，我如獲至寶地翻開第一章——

什麼叫做美感經驗呢？

就是我們欣賞自然美或藝術美時的心理活動。

多麼貼切的問答，也只有大師才能爲我們指出一條賞美的管道。

我利用公餘的時間，把厚達三百四十三頁的「文藝心理學」讀完，並作了一些簡單的筆記，不管它能帶給我多少知識，但對美的欣賞總算有點心得和概念。

爲了不再麻煩別人，我直接把書用郵政掛號寄還王麗美，並送給她一本張秀亞的「北窗下」，也把我的藏書「藝術的奧祕」借給她，並附了一張小紙條，希望她能從「藝術的奧祕」中，理解出人性的「美」與「醜」。

三

六月，是會計年度的結束。

爲了重新編列新年度的預算，日夜加班，把原先擬訂的讀書計劃也自動地放棄，但也讓我深刻地體會到，一個沒有受過完整學校教育的青年，想立足在這個社會，他所付出的心血與代價往往要超人數倍。

從文康中心開完會回來，我的桌上放了一件小郵包，從它方方整整的包裝，我知道寄來的是書。

陳先生：

謝謝你送我的「北窗下」，這也是我此生唯一收到乙份自己喜歡的禮物。平時，我收到的是金錢。這是你承辦的業務，所以你比我更明白。

「文藝心理學」是家父遺留的書籍，雖然看過它幾遍，但並不能理解，既然你喜歡就送給你。「藝術的奧祕」也是一樣深奧難懂，謝謝你的好意。其實人性的「美」與「醜」並不是與生俱來的，它多少會受到現實環境的影響。

祝福你

王麗美

看完她夾在書裡的便條，我重新把書放好，內心並沒有明顯的起伏變化，仍然投身在那繁忙的公務中。

每逢星期一，除了電影院外，其他福利單位都公休一天。當然，茶室也不例外。上午所有的侍應生必須接受軍醫單位派遣的醫務人員做性病抹片檢查，一旦呈陽性反應必須停業，並送到尚義醫院附設的《性病防治中心》接受治療。我們都知道以六十年代的醫藥水準，性病並不是一種可怕的絕症，但如果發現而不治療，它將由淋病變成梅毒，男女相互傳染，造成嚴重的後果。因而，業務承辦單位對每星期一的性病檢查及檢查後的送醫治療都非常的重視。當然，也發現少數侍應生賄賂醫務人員，做不實的檢驗報告，或是到了性防中心，不作徹底的治療，繼續營業。針對這些弊端，業務承辦單位除了督導星期一的抹片檢查外，對第二天檢查後呈陽性反應的侍應生做了嚴格的列管，並到性防中心核對人數，要求徹底治療，以維護官兵及侍應生身體的健康。

而巧的是在這星期的送醫名單中，王麗美卻是其中的一員。依她的票房記錄，接觸的客人又複雜，得病率當然會更高。

性防中心設在尚義醫院右側的山坡上，除了打針、吃藥、休息外，過的卻是枯燥乏味而單調的生活，爲了回報王麗美送我的「文藝心理學」，我帶了胡品清的「夢幻組曲」，讓它陪她度過這些日子。

走進性防中心的病房裡，迎面飄來一股濃烈的藥水味，還夾帶潮溼的霉氣味。裡面共有十二張病床。當然，並不是每位侍應生都得了性病，在比率上如果超出5％就是警戒線，軍醫單位也再三的向官兵們宣導：「事前多喝水」、「事後要小便」，甚至每個茶室的售票處，也兼售「小夜衣」，但奇怪的是寧願得病後吃藥打針，也不願使用「小夜衣」，這種錯誤的觀念迄今乃無法改正，也證明國人的水準與歐美先進國家尚有一段差距。

醫務人員知道我的來歷，彼此打了招呼，我也顧不了那些疑惑的目光，逕自走到王麗美的病床前。

「辛苦了，王麗美。」

她抬起了頭，那美麗的容顏掩不住蒼白的唇角、黑色的眼圈，或許是長期的無眠，抿著嘴，微微地對我笑笑。

「給妳帶來一本書，希望妳喜歡。」

她伸出細長的手，從我手中接過去，低聲地說：

「謝謝。」

我簡單地核對了一下人數，那些疑惑的目光並沒有從我身上消失。我深怕那不實的謠言，我也深怕被某些事務困擾著，渲染著。這個可怕的社會，讓我不得不慎重，讓我不得不設防。我不敢作更久的停留，也沒有再看她一眼的勇氣，人與人的相識，像是一個傳奇的神話故事。漸漸地，我發覺王麗美的影子，經常地從我腦海裡掠過。是美，是醜，各人的審美觀點有所不同，更難以衡量。

四

時間，總是一切計算的重複者。

一年一度的中秋佳節也將來臨，我們單位除了福利業務外，年節的慰勞慰問也歸我們所承辦，雖然每一位參謀人員都有不同的職掌，但逢年過節大家都能同心協力，分工合作，陪長官赴離島慰問；陪夫人慰問住院官兵，安排藝工團隊的演出等。我卻留守辦公室核發各單位的團體加菜金，以及主管的秋節禮券。從上班起，我腦海裡浮現的是「錢」、「禮券」、「領據」、「印章」，交叉運行著，不能有所疏失。

在一陣空檔裡，我掀起了杯蓋飲了一口香片茶，閉上眼往椅背一靠，這種無名的享受，像神仙，更像無憂無慮的嬰兒，長不大，有多好！

正想著，傳令送來一包東西。

「誰送的？」我說著，並沒有仔細看它，順便把它放在桌下。

「士官長。」傳令回答我。

「那來的士官長？」我有點訝異，俯下身重新把它拾起，撕開包裝紙，是一盒台北馬來亞餐廳製作的月餅，盒裡的透明紙下夾了一張小紙條。

陳先生：

又到了「天涯淪落又中秋」的時節，籍貫欄裡分明記載著「海南省海口市」，卻從未見過海南。在異鄉已度過第廿二個中秋，而故鄉不知淪落在何處，總讓人有些茫然。是誰送的月餅，或許你比我更清楚，轉送你一份，請別見怪。假如你願意陪一位客居金門的侍應生共賞秋月的話，明晚七時我將在僑聲戲院門口等你。如果有所顧忌，相見不如不見好。

麗美

我鎖上抽屜，快步地走離辦公室，顧不了那些待發的加菜金和禮券，在明德廣場上，仰望秀麗的《太武山房》；仰望太武山上峻峭的巖石；仰望石縫裡長出的野花野草。一陣陣清涼的微風，一口口新鮮的空氣，讓我漂浮在這幽美的翠谷裡。

秋節那晚，我没有參加月光晚會，逕自從武揚操場順著彎曲的羊腸小徑漫步。兩旁的地瓜田，綠色的藤葉爬滿了田埂，覆蓋在藤頭的泥土已逐漸地龜裂，今年的地瓜注定要豐收。

晚風吹起了塵土，飄來幾片早落的楓葉，想起待會兒就要與一位現實社會所不容的侍應生見面，「興奮」與「矛盾」同時在我内心交戰著。或許，我今天的選擇是對的，儘管各人的際遇不同，人格是相等的，就看我們以什麼心來認定它，來解讀它。而今天，我伸出的手是友情的手抑是愛情的手？我仍感到迷惑與不解。

從新市里的復興路，右轉自强路，左轉中正路，僑聲戲院就在眼前了。那穿著淡藍洋裝的女子不就是麗美嗎？她似乎也已看到我，輕輕地舉起手向我擺一擺。然而，我的微笑已掩不住内心的喜悦。我用小指頭，輕輕地勾住她的無名指，一股淡淡的清香，是女人尊貴的代表。走在新市里的街道上，無名的興奮一直不願離我們遠去。我們微微地笑笑，默默地走著。或許，此時無聲勝有聲。

遠遠望去，月亮已徘徊在街的那一頭，在這皎潔的月光下，我們選擇了榕園一處清靜的草坪，面對冉冉上升的月亮坐了下來。

「陳先生，說來好笑，我們走了好遠的一段路，卻沒說過一句話。」她嘟起了小嘴，神情愉快地說。

「麗美，我正在想，當我面對長官作十分鐘的業務報告時，東南西北說得頭頭是道，現在面對著你，像新入學的小學生不知該向老師說些什麼才好？」我幽幽地說。

「或許是我們接觸的時間太短，瞭解不夠深，才不能打開心胸，無所不談。」她正經地說。

「不錯，妳說的正是我想說的，今天我們同坐在這塊美麗的草坪上，就是爲了彼此能更深一層地瞭解。」

「跟一位歷經滄桑的侍應生一起賞月，你不覺得委屈嗎？」

「在我眼裡，從沒侍應生這三個字。在我心裡，妳是完美的，以妳的美貌，學歷，妳是不應該選擇這種行業，或許妳的遭遇不是三言兩語可說完的……。」我不能再說下去。

草坪上。

「不！你錯了。」她神色悽然地搖搖頭，「我的遭遇正是三言：父親去世。母親改嫁。弟弟幼小。二語：苦命。命苦。」她的淚水就像斷線的珍珠，一顆顆一粒粒地掉落在

我趕緊取出手帕，輕輕地拭去她遺留在眼角的淚水。

「對不起，麗美，我不該在這中秋佳節，說這些讓妳傷心的話。」

「不，你說得對，也減少你心中的一份疑慮，往後的日子我們將是無所不談的朋友。」她停頓了一下，「如果你不嫌棄的話。」

「好！」我伸出手，她也把手伸出來，讓我緊緊地握住，「往後的日子是妳心中有我，我心中有妳。」

她笑了。那含著淚水的微笑，在明月的照耀下，更加柔媚，更加俏麗。

彼此久久地沉默，月亮已被烏雲遮掩著，夜也逐漸地深了，我們賞的可是這中秋佳節的明月？不，我們共賞的是彼此心中永恒的月亮。她突然地把頭靠在我肩上，一股淡淡的髮香，一聲聲秋蟲的叫聲，在這寂靜的深夜裡，在這翠綠的草坪上，我輕輕地把她摟進懷裡，撫著那被微風吹亂的髮絲，一遍又一遍；一遍又一遍……。

五

在年度的輪調中，麗美被調往離島的《東林茶室》。

東林在烈嶼鄉是個商業氣息非常濃厚的小市區，整潔的街道，經營著各式各樣的行業。軍中所屬的《國光戲院》、《免稅品供應站》、接待外賓的《虎風山莊》，都在東林的不遠處。

東林茶室只有十五位侍應生，四周的環境略顯髒亂，也相對地會影響侍應生的服務品質。當然，以麗美在金城的高票房記錄，換了新單位，以新的形象服務官兵，票房記錄仍舊居高不下。

有一天，我突然接到她的一封信，她告訴我說她懷孕了，不知是那一位恩客遺留下來的種子。是官？是兵？是少校？是上尉？還是士官長？

依當時規定，侍應生懷孕可到醫院做人工流產術，並可申請營養補助費。然而，人工流產是子宮的刮除術，對母體的傷害是自然生產的數倍，甚至還有嚴重的後遺症。但在一位仰賴肉體維生的侍應生來說，懷孕不僅影響了她們的營業，生下一個「父」不詳的孩子，也是一個累贅。如果採取人工流產，卻無形中抹殺了一個即將誕生的小生命，她們能安心嗎？能不遭到上天的譴責和報應嗎？因而，我把利弊寫信告訴她，倘若暫時不能營業，而需要少許金錢運用的話，我將在每月的薪餉撥一部分給她。希望她能把孩子平平安安地生下來，千萬別管它是誰的種子，要認命。或許，將來依靠的卻是這個「父」不詳的孩子。

肚子一天天地大起來，麗美也停留在不能營業中，我們相約農曆正月十二到《海印寺》拜拜。九點不到，我直接從中央坑道走到太武公墓的臨時招呼站。那時，天上正飄著微微細雨，我撐起黑色雨傘，仍然擋不住刺骨的寒風，望著來來往往的公車。路邊的牆下，幾株矮小的桃樹，正展落出新的丰姿，細雨輕輕地飄在它那含苞待放的花蕊上。桃花就要開了，春天總是會來的，我們還盼望著什麼？期待著什麼？這美麗的春天啊，你可曾聽到我們的呼喚！

驀然，一輛紅色的計程車在我的身旁停下，開門下車的正是麗美，我快步地走上前攙扶著她。

「對不起，讓你久等了，風浪太大延誤了很久。」她重新把圍巾拉高，緊緊地挽著我說，「好冷唷。」

我側過頭，看著她那微濕的髮絲，愛憐地說：

「麗美，别怕冷，我們還有好長的一段路要走，在這佈滿風霜雨雪的人生大道上，我會給妳溫暖的。」

「陳先生，你這句話像極了電影中感人的對白。」她笑著說，輕輕地擰了我一下。

「那麼，女主角當然是王麗美啦。」我不甘示弱地說。

她笑了，笑得好開心；好愜意。

我們迎著霏霏細雨，順著玉章路的水泥大道，一步一步往上走，兩旁的野草野花在春雨的滋潤下，更顯得青蒼翠綠。麗美開始放慢腳步，那喘著氣，說不出話還强裝笑臉的表情，倒也惹人憐愛。我停頓了一下腳步，轉回頭。

「累了吧。」我說著，順手拉了她一把。

我們選擇路邊一處平穩的石頭坐下，或許是有點熱吧，麗美解開大衣鈕釦，那微凸的小腹讓我感到一陣悲凄和難過，我搖搖頭，嘆了一口氣，心中暗自向上天祈禱，願她懷的是一顆閃爍的明珠，而不是白痴！

「嘆什麼氣呀，該嘆氣的是我，而不是你。」她說。

我默默無語，遠望那坡度傾斜，巨巖重疊的另一個山頭。

「我深深地感受到，陳先生，你想的總比說的多。」她又說。

「麗美，別開玩笑了，妳並不是心理學家，怎麼知道我想的比說的多呢？我拉起她的手，夾在我的雙掌中笑著說。

「强辯！」她皺了一下鼻子。

「那麼妳算算看，我什麼時候會變成老怪？」

「心胸要開朗，眉頭不要鎖緊，不要想的比說的多，也就永遠都成不了老怪！」

「謝謝妳的開導。不錯，在廣大的文學領域裡，過度地摸索、探尋，往往把自己深鎖在一個孤獨的圈子裡。麗美，我也實在是想的比說的多，但妳卻是我談得最多的女性，因而，我非常珍惜這份情感。在茫茫的人海裡，讓我們相互鼓勵和照顧吧。」我神色悽然地說。

「讓我們共同信守這份諾言吧，任憑天涯海角。」她正經地說：「在人生的小舟上，也讓我們攜手划向理想中的港灣。」

「繼續走吧，麗美，『海印寺』還遠呢。」我拉起她的手站了起來。山頂上的寒風依舊刺骨，細雨又開始輕飄，我重新撐起傘，扶著她一步步，走向幸福溫馨的未來。

到了鄭成功的奕棋處，我們在那道天然的圍牆上，俯瞰山下的斗門村。那一塊塊綠油油的農田，那一幢幢古老的建築，幾隻牛兒正啃著剛萌芽的野草，好一幅太武山下的春景圖，在霏霏細雨中，更是迷人。

「麗美，海的那邊就是廈門了，將來可從高琦機場直飛海口，看看妳爺爺奶奶。」

「這輩子可能無望了，小時候聽爸爸說，爺爺在海口擁有一百多畝的旱田，在海府路有輾米廠，連接著有五間店面。可能早就被共產黨以『有產階級』的罪名清算鬥爭掉了。」她很不樂觀地說。

「吉人自有天相，望海興嘆也沒用。」我開導她說。

走過「毋忘在莒」的勒石，《海印寺》就在眼前了。首先映入眼簾的是那雕梁畫棟、古色古香的建築。我們先在「蘸月池」旁的小臉盆洗了手，也把人性最髒的雙手洗淨。相傳「蘸月池」遇雨不溢，四季不涸，池水清澈，能潔身袪病。

寺內供奉的是「觀音」與「如來」，栩栩如生的「十八羅漢」鎮守在兩旁。麗美雙手合十，跪在「觀音」與「如來」的神像前，唸唸有詞，神色虔誠，怎知她祈求的是什麼？我也上了一柱清香，深深地向祂們三鞠躬，而我該祈求什麼？該默念些什麼？觀音大士啊如來我佛，請保佑我們，在未來的道路上平坦舒適。

順著那條蜿蜒的山路，我們走向太武山谷。麗美對整個行程沒有意見，完全由我主導。

「麗美，山坡下有一幢西式的小樓房，它曾經是總統在金門的行館，夫人親題『太武山房』，現在卻成了『明德圖書館』。」我指著山坡下那幢白色的建築物說：「我們可以到裡面看書。」

「真的，好幾年没進過圖書館了。」她用力地捏了我一下，高興地說。

距離山房越來越近了，我的辦公室也在明德廣場的左邊，但我並不想帶麗美到辦公室，直接來到圖書館。

在借書登記處見到了洪敬雲，他畢業於師大美術系，作品曾在國內多次展出，現正在服役中。

我相互地爲他們簡單的介紹，麗美也大方地伸出手。

「洪先生好。」

「王小姐好。」

他們禮貌地握握手。

而我發現畫家正上下左右地打量著麗美。或許，他已尋找到靈感，一幅美的畫像即將形成；喜歡文學的我，在美的認定上，卻没有畫家來得敏捷。

麗美被看得有些難爲情，依在我身旁，拉住我的手。

「美！」洪敬雲高興地說：「老師陳景容筆下的美女，氣質高雅，容貌非凡。」

我們情不自禁地笑成一團。

洪敬雲把我們引進藏書庫，那些分門別類的藏書，讓麗美大開眼界。但我們並沒有作太久的逗留。不知何時，屋外的雨卻落得很大很密，我們站在山房的長廊上，傾聽淅瀝淅瀝的雨聲，翠谷的美景，全在我們眼裡。

《太武山房》聽雨聲，看美景，更是我們最好的寫照。

六

時間過得真快，冬去春來，就那麼輪流地翻轉著。

麗美由《東林茶室》調回《山外茶室》的「軍官部」，並順利地生下一名女嬰。透過管理員的介紹，請了一位中年婦人幫忙照顧。自從麗美產後，我雖然託人帶了一些營養食品送給她，並沒有和她見過面，心理上也說不出什麼理由，想見她，又怕見她，內心感到矛盾極了。

一個星期天的下午，也是麗美產後的第十八天，我內心交織著難以言喻的苦楚來到她的房間。

「好久不見了。」見面的第一眼，她以冷冷而生氣的口吻說：「怕了吧，陳先生，怕讓人誤解孩子是你的骨肉，對不？你不是說過要相互照顧嗎？當我需要你時，當我惦念著你時，你卻躲得遠遠的。我們內心到底存在的是什麼？親情？友情？愛情？或者什麼都不是。你年輕，有前途，有滿懷的理想和抱負。而我呢？」她突然停了一下，淚水已爬滿了她的臉頰：「說好聽點是侍應生，其實是世俗所謂的婊子！妓女！」她已泣不成聲。

「麗美。」我已顧不了一切，緊緊地抱住她，抱住一個軟綿綿的物體。是幸，是不幸；是希望，是禍害！我取出手帕，拭去她的淚痕，「對不起，麗美，這件事的處理，我是一個不及格的小學生。」

她的氣似乎消了不少，又恢復了原來的溫柔。

「給孩子取個名字吧，雖然她的來臨是她的不幸，也是我的不幸，但總不能沒名沒姓沒户口。」

我沉思了一下，突然想到。

「麗美，我們不必相信鐵口半仙的凶吉筆劃，就叫王海麗吧，『王』是母姓，『海』是海南省，『麗』就取她母親的中間字。」我得意地說。

「王海麗，王海麗。好聽；不俗，有意義。」她高興地說，猛猛地在我頰上親了一下。「喜歡文學的畢竟不一樣，命起名來全不費功夫。」

她笑了，我也跟著傻笑。笑聲充滿著這陰暗的小屋，笑聲也爲她帶來希望。孩子的誕生將是她甜蜜的負荷，也是將來的依靠。然而，孩子的成長，做父母的要付出多少的心血，歷經多少辛酸。一粒米的成長也必須經過播種、灌溉、除草、施肥，才能有所收成。人，又怎能例外，尤其在目前社會教育敗壞下，更不能有所疏忽。問題少年的起因與形成，家庭教育，學校教育，社會教育都必須負起相同的責任。生子容易，養子也不難，教子卻是一種無形的心理負荷。尤其是生長在一個不良的環境下，父母所付出的更是異於常人。社會是個大染缸，在這變幻無窮的人生舞台上，願麗美的演出多采多姿，有聲有色。

七

從福利中心轉呈上來的侍應生出入境申請書中，我發現麗美抱著海麗的照片與申請書，出境的理由是探親。在特約茶室的管理規則裡，侍應生只要服務滿六個月，而有正當理由都可申請出境；如服務未滿六個月，必須扣除台北召募站的召募費，在來去頻繁的出入境中，不得不作慎重的審核。當然，麗美來金已好幾年了，她有返台探親的權利，然而，讓我感到迷惑不解的是，從未聽她提起。

那晚，天氣有些悶熱，閃爍在遠方的星星更加明亮，可是沒有月亮照耀的大地，卻是漆黑陰沉的，給人平添了一絲恐怖感。我們挽著手，漫步在太湖的堤岸上。累了，就坐在低垂的柳樹下聽蛙聲、聽蟲叫。

「出境證已經辦好了，什麼時候走？」我打破寂靜的夜空，低聲地說。

「第一個航次就走，越快越好。海麗已逐漸地懂事，不能不讓她離開這個環境。」她激動地說。

「什麼時候回來？」

「把海麗安頓好再說。」

突然，我怕失去了她，緊緊地把她摟進懷裡，把臉貼在她的頰上。她默不作聲，也沒有抗拒，這漆黑的星空啊，難道只屬於我倆?!歲月爲我們孕育的情感在蛙兒與蟲兒的見證下，我們已失去理智；把人性的弱點暴露在這美麗的柳樹下，淚水怎麼不聽指揮地滾下來。

「怎麼流淚了呢？」她用手摸摸我的臉，「你是後悔和我在一起？」

「不，不，麗美，我怕失去妳。」我把她抱得更緊，摟得更緊。

「只要你願意，只要你不以有色眼光來看我，陳先生，天涯海角永遠等著你。」

「麗美，別再叫陳先生了，就改口叫我名字吧！」

「不，不管我們將來的結局如何，你是我心中永恒的陳先生。」

我搖搖頭，像飲下一杯苦澀的烈酒，心裡是那麼地不是滋味，難道苦澀之後真的是甜蜜？抑或是更苦，更澀？內心浮起數以千計的問號，但願能有一個滿意的答案。

等待的日子總是那麼地漫長，那麼令人心急。

轉眼，麗美的假期已結束，但人卻沒回來。據側面瞭解，她一些重要的衣物都以包裹寄回台灣，是否真的不回來了，也一直沒有她的訊息。這份得來容易的情感，怎麼失去也這麼快？當我想以身投向她時，卻消逝的無影無蹤。我的情緒已在冰點下凝結，想溶化它，要六月的炎陽。

終於，我收到一封信。

陳先生：

經過多方面的考慮，我下定決心不回金門了。不回金門不是想離開你，而是要離開那個沒有人性尊嚴的環境，以及遠離那段不幸的記憶。對你，對我，對孩子都是好的。雖然暫時不能見面，我會信守對你的承諾——天涯海角永遠等著你。

在我們來往的這些日子裡，我深深地發現到，你是一位標準的金門青年：你以苦學自修來彌補學歷的不足；你以腳踏實地的工作精神換取現在的職位，這是時下一般青年所沒有的。

在紅塵中打滾了這許多年，對人性的善惡與美醜，我的觀察是實際的。雖然你讀過克羅齊的「美學」，但只是理論，你並沒有親身體驗與印證。在這現實的社會裡，陳先生，你是一張白紙。

弟弟已從師大畢業，而且分發到中部的一所學校任教。教書是他的第一志願，現在如此，將來也不會改變。他也自信能養活我，養活這位曾經為了家而入火坑的姐姐。姐姐的不幸也是他胸中永遠的痛。

當我洗完沾滿污泥的雙手，我將用乾淨的雙手洗滌我內心的污點。把一個乾淨的我，完美的我交給你，任憑天涯海角。

祝福你，陳先生

麗美

麗美返台的第一年，我們仍保持一星期一封信的記錄，彼此的瞭解遠勝俱增的感情。我們曾經擬訂往後的生活方式—在偏遠的小農村建立一個幸福美滿的小家庭，養一群雞鴨，頭戴斗笠手持青杖趕著羊兒上山吃草，遠離塵囂，過著與世無爭清新平淡的日子。然而，這只是空幻而已，當麗美的信在我書桌上疊至編號第七十五號時，卻突然中斷，任憑我信與電報相互交投，都被退了。退回的並不是那些紙片，而是我投入的情感！我感到茫然，我的精神也已崩潰，我幻想的再也不是美好的未來，而是現在的痛苦和難過——三年，五年，十年……。

八

不知什麼時候，淚水已爬滿了我整個臉頰，我猛而地驚醒。麗美仍然緊緊地依偎在我身旁，她取出柔軟的小手帕，輕輕地拭去我的淚痕。

「你在想……」她摸摸我的臉。

「想我們的過去。」

「委屈你了。」

「不，我沒受到委屈，只是在我沒有心理準備下音信全無，我感到茫然和痛苦。」

她苦笑地搖搖頭。

「別以爲我是一個負心的人，當我接到香港親戚的通知，歷經多少波折，趕回海口繼承爺爺這片產業，在那個年代，一個女人家，我吃的苦頭不會比你少！」她氣憤地離開房間。我低下頭沉思，她提著一個小箱子又走進來。

「你看看。」她把小箱子打開，「我從台灣經香港到海口，我帶出來的是什麼？是黃金？是白銀？或是新台幣？」她把一疊信用力地放在桌子上，提高嗓門說：「我帶出來的是你寫給我的七十六封信！」她說完，放聲地哭了。哭出她內心的委屈，哭出她內心的怨恨。

我從椅上站了起來，一把抱住她，怕她又從我身旁離去。她哭喪著臉，也猛力環抱著我。

哭吧，麗美，就讓我們永遠地抱在一起，痛痛快快地哭一場。從秋天哭到春天；從夏天哭到冬天，哭瞎了雙眼；流乾了眼淚。我擁著妳，妳擁著我，同進天國，同遊地府。

彼此化解了一些誤解，我們的情緒也逐漸地穩定。從她到海口繼承祖父遺留的產業，再如何跟香港的財團合建酒店，都作了一番陳述。我也坦白地告訴她，與她失去連絡的第二年，辭去了原有的工作，擺了一個小書攤，賣些雜誌和書報，與世無爭，只求溫飽。然而，她怎能想到，廿餘年前那個在她心目中肯上進、有理想、有抱負的青年，竟甘心如此過一生。

今晚，睡在這貴賓套房裡卻輾轉難眠，我拉開窗簾，海口的夜已深沉，只有路燈下的椰子樹，孤單地搖曳著那長而低垂的樹葉，幾盞街燈無精打采地閃爍著。

「睡吧！明兒還得早起呢。」我喃喃自語。

然而，大腦與小腦不停地交戰著，昏昏沉沉地，不知道什麼時候已進入夢鄉。

第二天，床頭叫起床的鈴聲響了，我卻四肢無力，頭昏腦脹；身體的每一個部位都是滾燙的，而且口乾舌燥，意識朦朧。我病了，是高燒。

麗美找來駐店醫師，吃藥打針雙管齊下，並禁止我參加旅行團的一切活動。我再三的懇求，希望能隨旅行團一起出發，但總是力不從心，爬起來又倒了下去。麗美也順勢訓了我幾句。

「你不是想跟旅行團到『三亞』，到『通什』嗎？快起來呀，你就去住『苗家』『黎寨』吧！」

我神色悽迷地苦笑著，無精打采地閉上眼，只感到眼角也濕了。

「廿幾年的孤單歲月，應該更堅強，更能自我照顧。請問陳先生，今天如果躺下的是我，你該怎麼辦，該怎樣來照顧我？」

我被問得啞口無語。

麗美找來領隊，團友們也相繼地來探視我的病情。從他們的眼神，我心知肚明，他們想說的可能是：「這個古怪的陳老頭，走的是什麼運呀?!」。領隊同意我不隨團出遊，但必須在七月廿四日下午一點半準時到海口機場，我們還有下一個行程——福州、泉州、廈門。然而，麗美卻再度與領隊交涉、溝通，把我隨團旅遊的行程全部否決掉，並取回由領隊代爲保管的「護照」和「台胞證」，我也不再堅持什麼，一切就由她安排吧。

經過整整二天的服藥與休息，我的高燒退了，虛弱的身體也逐漸地復元。

「有了健康的身體，還怕沒地方玩。」麗美總是這樣說。

來到海口，已是第五天了，麗美並沒有爲我作任何行程的安排。每天忙上忙下。早餐後她交待助理孫小姐帶我上美容間理髮，並再三地叮嚀，要我把蒼蒼的白髮染黑；吹風抹油，修面刮鬍。長久的不修邊幅，窩窩囊囊，已快過完一生，如今則要改頭換面，倒也像一部機器人，由操縱者來擺佈。

裡裡外外，麗美都深情地爲我打點。理完髮；穿了新衣，在大鏡子前面一照，除了眼角的魚尾紋外，把年輕時的我全翻印了出來。我在鏡前久久地停留，左照，右照，前照，後照，長久沒有的滿足感，此刻都湧上了心頭。麗美也在我身旁出現，她輕輕地拍拍我的肩。

「陳先生，廿幾年了，你並沒有變，反而更加成熟，簡單的修飾一番，中年男性特有的氣質也浮現了出來。」她拉著我的手，再度走到鏡前，我們情不自禁，相視而笑。

九

麗美安排的第一個旅遊點是《東坡書院》。

「文人嘛，總得先看看文人。」她笑著說。

「海麗酒店」的公務車從海口市的西邊馳駛，經過洋浦經濟自由港公路，向左轉，順著那彎曲的泥土路行走，在一片茂盛的滑桃樹下停車。遠遠望去，《東坡書院》四個大字熠熠生輝地掛在門框上。蘇軾被貶至古儋州三年的坎坷歲月讓我久久地深思著。麗美撐起了那把粉紅印花的洋傘，淡藍色的洋裝，白色的高跟鞋，把她襯托得更高雅，更美麗。助理孫小姐提著她的皮包和行動電話尾隨在後。我們步上台階，走過彎彎曲曲的走廊，穿過蓮花池，來到《東坡書院》的主體建築——「載酒堂」。如以古建築的藝術來看，「載酒堂」只不過是一幢平平凡凡的建築物。然而，它卻能吸引無數的文人墨客和旅遊者。堂中陳列了歷代文人名士為《東坡書院》所題的詩文碑刻，我細心地觀賞和品味，企圖想在腦海裡記下一些什麼。出生海南的孫小姐比手畫腳地想為我講解，麗美卻阻止了她。

「孫小姐，我們站一邊，讓他自己看，看個過癮；讓他自己想，想個痛快！」

我並沒有理會她們，把頭與腦，心與眼，完全投入在大堂的詩文碑刻裡。停留較久的則是在「東坡笠屐」的塑像前，只見蘇軾手執詩書，昂頭挺胸，目光炯炯，具有古儋州的平民裝束，又有文人的清雅氣質，蘇軾的詩人精神，將永恒地留在我們心中。

我來踏遍珠崖路

要覽東坡載酒堂

此刻，我們的心情跟明代提學張勻又有什麼兩樣呢？我得意地笑了笑。

麗美與孫小姐純粹爲陪我而來，對我完全投入的這些詩文碑刻，似乎興趣缺缺，我好像也忘了她們的存在，除了細心地觀賞外，並作了些簡單的記錄。

看完《東坡書院》，我們轉回鄰近的《五公祠》。

首先映入眼簾的是一座古色古香的建築物，紅牆綠瓦，飛檐崢嶸，素有「海南第一樓」之稱。

進入《五公祠》，麗美笑著說：

「剛才在『東坡書院』讓你看過了吧。現代文人看古代文人，到底是你看他，還是他看你？看了足足兩個小時，『五公祠』供奉的是歷史人物，就讓孫小姐爲你介紹吧。」

我傻傻地笑笑。

孫小姐走近我，微微地向我點點頭說：

「所謂的五公，指的是唐代被貶來海南島的宰相李德裕，宋代愛國忠臣李綱、李光、趙鼎、劉銓。五公中，李德裕是唐代一位較有開拓思想的政治家，由於政見不同而發生『李牛之爭』，唐宣宗偏信讒言而將他貶到荆南，次貶潮州，再貶崖州，六十三歲之年卒于貶所。

李綱等四位都是宋代名臣，靖康之難後，李綱是抗金主戰派，但宋高宗聽信投降派而將他貶到澶州。李光也是抗金主戰派，結果遭秦檜陷害，先後貶來吉陽。趙鼎力主抗金，全力支持岳飛，也遭秦檜所害，貶至吉陽。胡銓則於紹興八年，冒死上書請斬秦檜等投降派，結果被貶福州，再貶吉陽。」

「謝謝妳，孫小姐。」她介紹完後，我禮貌地向她點點頭。待孫小姐走離了我們，我輕聲地對麗美說：

「我不是來參觀『五公祠』，是來上歷史課。」

麗美白了我一眼，輕聲地回了我一句：

「別小看人家，海大歷史研究所的高材生。」

所有的旅遊行程，在麗美刻意地安排，以及孫小姐詳細而風趣的介紹下，我們遊覽了

「萬泉河」、「東山嶺」、「牙龍灣」、「南灣猴島」，地域橫跨了「興隆縣」、「陵水縣」，而後來到海南最南端的濱海城市——「三亞」。

到了三亞市，我們參觀了那充滿著浪漫氣息的「鹿回頭公園」。麗美卻迫不及待地要帶我到「天涯海角」，我不知道此地風光有多綺麗，但「天涯海角」這四個字對我並不陌生，麗美重複的不知說過多少次。

我們來到一個沙白水清的海灘上，南面是茫茫的大海，遠遠望去，水天一色，漁舟帆影出沒其間，像似天地盡頭。或許，這就是所謂的「天涯」吧！然而，在那堆怪石嶙峋處，一塊巨大的巖石深深地刻著「海角」二個紅色的大字，也足可讓我們聯想到「天之涯」、「海之角」的由來。

距離海灘的不遠處，在高大的椰子樹下，我們坐在那碧草如茵的地上。孫小姐買來三顆新鮮的椰子，當那清涼爽口的椰汁吸進口裡時，她又以史學家的口吻講起了「天涯海角」的傳奇故事：

「在很久以前，從南方來的海賊，搶掠漁民，霸佔漁船，欺壓得漁民無家可歸，無物可食。有一天，忽然飛來一隻神鷹，在天空展開一雙巨大無比的翅膀，撒下一陣圓石，把賊船砸得粉碎，挽救了漁民。那些圓石至今仍然散亂地留在海灣的沙灘上，成了懲罰海賊的見證。後來人們在那些巨石上題刻『天涯』與『海角』，人們開始叫這裡爲『天涯海角』。」

孫小姐講完後，也讓我深深地體會到，不管身在任何一個旅遊點，都有它悅耳的傳奇故事。

然而，百聞不如一見，面對湛藍無際的浩瀚大海，聆聽浪濤拍岸的聲響，在椰樹的蔭影下，品嚐海南新鮮的椰汁。看那一對對年輕的男男女女，從身旁走過，我指著他們說：

「麗美，我們也曾經年輕過。」

她微微地笑笑，把手伸了過來，讓我緊緊地握住。突然，她拉起了我的手站了起來，指著大海，以傷感的口吻說：

「陳先生，那就是『天涯』，這兒就是『海角』，不要忘了，在天涯，在海角，我們要互相照顧。」

我把她摟進懷裡，重新握緊她的手，然而，卻握不住溜走的時光，逝去的歲月。

十

轉眼，來到海口已廿五天了，同行的團友，他們也遊完了福州、泉州、廈門而回到家鄉了吧？雖然與麗美重逢值得高興，但也讓我錯失許多旅遊的機會，可是我並没有因此而感到遺憾。看到麗美每天忙上忙下，還得陪我到處走走看看，實在也有點兒過意不去，甚至想幫點忙也插不上手，倒像是一條寄生蟲；寄生在這豪華的酒店裡，吃，喝，玩，樂！

從「天涯海角」回來後，我告訴麗美不去「通什」、也不到「文昌」。

「爲什麼呢？你不是一直想到通什看看『苗族』『黎寨』嗎？喝了『孔宋家酒』不到『文昌』看看宋美齡的祖居，你可別後悔。」她用警告的語氣說。

「台胞證三十天的觀光期限快到了，以後再去吧。」我低聲地說。

「三十天的觀光期限？」她重複我的語調，疑惑地說：「你有没有搞錯？」她白了我一眼，順手拿起電話：「商務中心，請查一下台胞觀光簽證一期幾天？」

我清晰地聽到，對方回答是九十天。

「陳先生，你都聽見了吧，是不是海南没有你留戀的地方？還是有人虧待了你？金門一別就是廿幾年，你只不過住了廿幾天，這幾天當中我們談的只是從前和現在，難道不該談談未來？」她氣憤地說。

「未來？」我重複著，內心卻充滿難以言喻的苦楚。

「當年我們認識時，只不過是廿幾歲；今天的重逢，時光卻又往前推進了廿幾年。陳先生，人生還有幾個十年廿年？難道你一點也不珍惜嗎？」她大聲地說。

我無言無語地聆聽她的訓示，也不知要如何向她解釋才好。

「麗美，我必須先回金門一趟，把一些瑣事處理好再回來。」我試著向她解釋。

她久久地沉思，終於說：

「也好。陳先生，不要忘了我們的幸福完全掌握在你的手中。海南的事業也是你的事業，海麗的乖巧你可以看得出來，她身分證上空白的『父』欄裡，正等待著你的名字來填補。」

我神情凝重地點點頭。不錯，在短暫的人生旅途中，逝去的歲月彷彿就在昨晚的睡夢裡，更像大海裡的波浪，一波過去又一波，沒有留下任何痕跡。可憐的人類，不管你享盡榮華富貴，或是沿街行乞，屆時；黃土覆蓋的只是白骨一堆，我們能計較什麼？又能企求什麼？

麗美請商務中心爲我訂了八月八日中國南方航空公司上午十點由海口飛往香港的班機，然後轉華航下午一點廿分由香港飛桃園中正機場，每一段行程她都細心地爲我計算著；轉機時不必等太久，回到台北天色也不會太晚。她的深情，數學上任何公式都無法計算出正確的答案，而必須用我們的兩顆心才能解題。

距離回鄉的日子漸漸近了，五十餘年的鄉土情懷，我並沒有被甜蜜的日子所蒙蔽。雖然離開它只短短的廿幾天，一份思鄉的情愁卻油然而生。或許，「月」真的是故鄉圓；「水」也是故鄉甜。

麗美爲我打點了一切，還買了海南名產：咖啡、胡椒、椰子糖要我帶回送朋友，並由商務中心辦理托運，在中正機場提貨。

「給你一個月的時間總夠了吧?!回來時什麼都不必帶，但你那些寶貝書除外。」她再三地叮嚀和交待。

「謝謝妳，麗美，這些年來環境把妳磨練得更堅強，更有見解，處處爲別人設想。」我由衷地說。

「少跟我來這一套！」她白了我一眼，一絲得意的微笑也同時從她唇角掠過。繼續地說：「九月廿九號我到香港接你，我們先逛逛海洋公園，嚐嚐東方明珠的海鮮。然後轉北京看十月一號天安門的閱兵。長城、故宮、天壇、北海公園、明十三陵都是我們的重點行程。」

「妳那來的時間呀？」我有點懷疑。

「放心，我自有安排。遊完北京，我們到武漢看黃鶴樓、到長江看三峽、到桂林看山水、到重慶看山城、到廈門看金門。」她很慎重地說。

我輕輕地點點頭，內心卻交織著幸福與痛苦的抉擇。在茫茫人海裡，在這變幻無常的社會裡，我該選擇什麼？一年的中學教育，滿頭蒼蒼白髮，老人的斑紋已在臉上成長著。難道我該重新讀書，取得傲人的學歷？把髮絲染黑，用虛僞來遮掩一切？用先進的美容劑，把自然成長的老人斑漂白？才能立足在海南這個現實的社會？才能與麗美美麗的容顏相搭配？險惡的人類啊！你們不是口口聲聲喊著要改革這個不良的社會，要建立一個祥和和完美的社會，爲什麼無法取下人類勢利的雙眼？爲什麼？爲什麼？

十一

懷抱著返鄉的興奮心情，但也有幾分離愁。

一早麗美就來幫我收拾行李，所有的舊衣物都不能帶回，竟連旅行袋也換成新的。刻意地把我打扮成上流社會裡的紳士，缺少的可能只剩煙斗和雪茄。任憑你滿腦的四書五經，也抵不過一條繫在頸上的領帶。我能說什麼？能拒絕什麼？只能默默地承受那生命中不可缺少的情誼。

「信封裡裝的是二仟美金，任何銀行都可兌換，也夠你回來的費用。台北飛香港的班次很多，訂好票打電話給我，到時我會到啓德機場接你。」

「麗美，我有錢呀！」我順手取出裝錢的信封，想退回給她。

「我倒要看看，你把我當成誰呀，我的安排可能讓你不滿意，對不起；陳先生，不滿意也得接受，知道嗎？」她俏皮地拍拍我的肩。

服務生把我簡單的行李提到大堂，麗美挽著我，原先掛在唇角的那絲笑容也不見了，難道真的「是離愁別有一番滋味在心頭」嗎？

來到大堂，海麗走近了我，雙手放在背後，神祕兮兮地問我：

「陳叔叔，你知道今天是什麼日子嗎？」

「今天是叔叔返鄉的日子。」我笑著說。

「錯。」她搖搖手繼續說：「今天是八月八號也是八八父親節，陳叔叔，祝您父親節快樂。」說完後，她把預先準備好的乙份禮物雙手呈獻給我。

「謝謝妳，海麗，我做夢也沒想到。」我由衷地感激著。

「小丫頭，什麼時候把西洋這套玩意兒學來。」麗美笑著說。

我在商務中心與辦公室裡，一一向職工們道聲謝謝，說聲再見，海麗卻催促我上車。

「謝謝妳，海麗，叔叔也跟妳說聲再見。」我向她揮揮手。

她目無表情地看著我，眼眶終於紅了。

「陳叔叔再見！」她靠近了我一步，低聲地說：「別忘了，九月廿九號媽媽在香港等你。」一滴淚水終於滾落在她俏麗的面龐。

我微微地向她點點頭，麗美拉著我的手，悶不吭聲地進入車內。路旁高大的椰子樹，依舊搖曳著翠綠的長葉，海南的天空依舊湛藍。或許，此時無聲勝有聲。

進入候機室，孫小姐已替我辦好登機的各項手續。距離起飛的時間已不遠。麗美的眼眶已紅，她低聲地對我說：

「陳先生，命運要我們自己來開創，幸福卻掌握在你手中，人生再也沒有幾個十年廿年可等待。請你不要忘了，你是我心中永恒的陳先生，九月廿九香港見，我們將展開邁向幸福人生的另一個旅程！」

我含淚地向她揮揮手，逕自走向證照查驗台。中國南方航空公司飛往香港的班機已在停機坪上等候，我緩緩地踏上登機的台階。回頭一看，那斗大的「海口」兩字中間依然飄著五星旗。剛才湛藍的天空現在卻烏雲密佈，難道我甘心在這烏雲下做條寄生蟲？我解開繫在頸上的領帶，虛僞的假紳士不是我該追求的，榮華富貴只不過是繚繞的雲煙，來得快，去得也快。我將在這佈滿荆棘的人生旅途裡，繼續我孤單的行程。

再見，海南島。
海南島，再見。
天涯海角，何必再相逢。

原載一九九六年九月廿四日——十月五日《浯江副刊》

附錄

探討「再見 海南島」的寫實性、懸疑性和道德觀

白翎

0 另類思維

評論陳長慶的小說，這已是第四篇了——嚴格說來，是第三又四分之一篇——因爲第一篇是刊在「金門文藝季刊」第三期的『談第二期的小說』，一共評了四篇，他的「整」只是其中之一；第二篇是刊在「金門文藝季刊」第五期的『評介「寄給異鄉的女孩」——兼談文藝創作的幾個小觀點』，後來經過改寫、修正了小部分觀點與用語，副題變更爲『兼談幾個文藝小說觀點』，重刊於民國六十八年五月十至十二日的金門日報正氣副刊「論壇」專欄；第三篇則是前不久刊於金門日報浯江副刊的『從「螢」的書中人物探討陳長慶的悲劇情結』。

鑑於「再見，海南島 海南島，再見」（以下簡稱「海」）是他闊別金門文壇廿餘年的重現江湖的第一篇小說，並且引起舊雨新知的熱烈回響——楊樹清從加拿大傳真回來的

「明月幾時有」、旅台故鄉人的來函，以及舊日文友們的面讚、電譽，所引發的連鎖關懷，說是一陣小騷動，實不爲過——特嘗試以不同的角度，談談這篇有點特別又不算太特別的馮婦力作。

其次是寄自臺灣的故鄉人李姓讀者，在稱譽之餘，兼問及「海」的故事情節是小說？或是實情？當然，有資格回答這個問題的只有作者本人而已。筆者實在不能更不必硬淌這渾水；但是基於在評「螢」的時候，曾提及作者的悲劇是寫實的「錄影重現」及「他的小說幾乎有傳記的高傳真感」等語；雖然也同時提及「他筆下的人物情節，多是他眼中所見、耳中所聞、心中所思、夢中所幻（有意遺漏「親身所歷」四個字）」、「有的朋友或許會認爲他寫的是他自己、或是身遭的某一個人」，唯恐少數讀者未及明辨（不求甚解？），所以必須再一次提示。

文學的表現手法千萬種，每一位作者都會選擇最有利的方式，來表達自己的內心世界；同樣的，文學批評的角度也有百十種，自然也是「各有所長，各取所需」了。筆者比較喜歡從小說的精神面去挖掘，透過深入的分析、大膽的假設、合理的歸納，有時也會提出一些未必是評論原作的個人意見：如果能因此而發掘出作者的意識寶庫，固所願也；退而求其次，也可以代表著另一種不同方向的思維歷程，提供另一類不同的想像空間，大概也不致有礙原作吧。

1　感動就好！

一直到執筆走文的現在，筆者仍然沒有改變作者的作品具有高度「寫實性」的說法。試想，去年夏季的一趟海南島觀光之旅，返金後，生產了「海」這個囝仔；今年夏天的故國河山觀光之旅，生產了他平生的第二首詩作——「走過天安門廣場」、以及描寫長江三峽的「江水悠悠江水長」、在廈門大學校園內追憶的「棕櫚青青致魯迅」（在如此冗長曲折的管制的單行道上，不知「他」神曉否？）兩篇散文。如此在時間、地點上的實質關聯，除了爲他的「寫實性」提供佐證外，倒令人有點他的「觀光團費」沒有白花的感覺！回顧作者所出版的兩本書——「寄給異鄉的女孩」文集、長篇小說「螢」——以及復出後所發表的小說「海」、「新市里札記」系列：不但有共同的特徵——其中的時間、空間背景和他的生活環境高度相關，密不可分外；光是人物的姓名，也都相似地緊，不知是他懶得爲書中人物命名，或者他的小說人物根本就是「大國協」的同一系列！如果說，有人認爲陳長慶在寫他自己，那也是得自他作品的印象：不論是他的有意的暗示，或是無意的巧合，大致上的源頭還是他自己。

至於他小說中的人物、情節，是否是實情？作者真的在海南島遇到了「王麗美」嗎？我們當然不知道，但以常理而言，可能是否定的。如果我們要說「海」中「白髮蒼蒼的小老頭」的陳先生，就是作者本人，與實際上是有差異的——「海」中的陳先生是一個孤零零的小老頭，現實生活的他有一個美滿的家庭；如果硬要說是半真半假，那麼，真真假假，假假真真，看小說的人，何必這般的累？如此的自尋煩惱呢？輕輕鬆鬆地享受文藝，好好地被書中人物、情節感動一番，不也是滿愜意的嘛；如果我們一直的關懷、追問下去，有朝一日「三人成虎」，讓現實的陳夫人也跟著一起置疑，那豈不是要導演一場清官也難斷的「家務官司」了嗎？

何況，「小說」本來就是「飯後茶餘，小小的說一說」罷了。

小說創作的欣賞，也應著重在他所表達的意念，文字背後的深一層內涵。

如果說，小說的人物、情節必須是實情；那麼，職業作家豈不就難以爲繼，無以爲炊了嗎？君不見那些大作家們，不都是在他們大作的前言、後記中，明言在表現某些階層的人生，探討某些人類的內心世界嗎？那裡是他們的真實輕驗？曾經有人爲表現舞女人生而下海，但是，寫過舞女生涯的作家，他們都下過海嗎？有人爲探討人言中的黑獄而蹲監，但是，描述死刑犯心路歷程的作家，難道他們真的身體力行地去犯法嗎？真的是遊過鬼門鬮死去活來嗎？

「海海人生，感動就好！」

2 留點自主空間

一篇小說能引起讀者的好奇，不但關心書中人物的結局，內容情節的真實程度，更以信函相詢；對作者而言，是一件值得安慰的事。至少是該小說已具有相當程度的懸疑性了；固然，能吊讀者的胃口，尚不能就說是好或成功的作品，至少在讀者的共鳴方面，還是應該給予肯定的。

「海」的懸疑性安排，可說是有頭有尾：

開頭那場酒店總經理王麗美在酒席上的那一席話，就充滿了懸疑，只是底牌很快地就揭開了；同時「陳先生」的記憶也真的是老化了，如果說麗美女兒的名字是「陳先生」爲她取的，那麼，在酒店門口看到的「海麗酒店」四個金色大字時，是不是就會心有所感了呢？至於當酒店總經理致詞時，我們的「陳先生」又是陳長慶版地一貫的「自卑」地「不容許我多看她一眼」，或許這正是陳長慶版的一貫作風。

「陳先生」和女總經理的過去是次一個懸疑團。作者用了第二節到第七節的全部，幾乎是全篇的一半篇幅，來回憶過去，交待故事情節的來龍去脈。從發現一個花魁榜首，和她的文學愛好，次以神女罹患性病，探病後的交往生情愫，再受了恩客無意中留種，海麗的出世成長，又爲了海麗而更換環境，魚雁往來七十五信而終告斷息；在這連續的補白當中，作者是掌握了小說的特性，不斷地製造高潮，給予讀者意猶未盡的感覺，也掌握住讀者「欲知發展如何」的好奇性，帶動著讀者的情緒，繼續引導讀者去「且聽下回分解」，作者在這方面所安排的劇情張力，是突顯出「寶刀未老」的功力。

一場莫名的高燒，只是爲了製造「陳先生」脫離觀光團的藉口，以便繼續在介紹海南島風光後，安排劇情發展；只是，作者在結尾時，故意留下一個更大的懸疑團，讓讀者自己去想像與發揮。據說，這是近年來的小說，最常用的一種結局方式：留給讀者一個「自主空間」。

至於王麗美爲「陳先生」所安排的：八月八日離開海南島途經香港、臺北轉機返回金門；九月廿九日約定在香港再相逢的這兩個日子，是否另有玄機？就看讀者的聯想啦！臨別海南島的當天（八月八日），王麗美的女兒海麗送給孤零零的「陳先生」乙份禮物，還說什麼「陳叔叔，祝您父親節快樂。」孤零零的「陳叔叔」是那一位的父親呀！這到底是作者的疏忽？還是作者爲後續發展所做的暗示呢？聰明的讀者，你應該知道的。

離開時，說聲「海南島，再見」；未來是否會「再見，海南島」呢？作者是「不告訴你！」。但是，聰明的讀者們，別忘了，王麗美安排的九月廿九日再相逢。九月廿九日，九二九，久而久；再相逢九二九！讀者們，你是聰明的，還是「滿頭霧水」呢？至少，我明白了，這就叫做「自主空間」啊！

3 老夫子式的愛情道德

在陳長慶的小說中，題材和「八三一」（軍中特約茶室，即軍中公娼，現已廢除）有關的只有收錄在「寄給異鄉的女孩」中的「祭」和這篇「海」。

「祭」中的佩珊和「海」中的王麗美有很多相似的地方：她們都是「八三一」的侍應生、票房記錄最好的花魁、意外懷了不知那位恩客的種、生下一位美麗的女兒；至於下海的緣由，佩珊只用一句「十六歲以前是幸福的，十六歲以後是不幸的」帶過；王麗美則有較詳細的描述：爺爺是海南島望族、高中畢業、父去世、母改嫁、弟幼小。

女主角最後的結局，大有南轅北轍的迥異：「祭」裡悲觀厭世的佩姍夜裡喝了醫用碘酒自殺，把五歲的女兒——惠貞寄託予幹事；「海」裡幹練精明的王麗美則回到海南島繼承了祖父的產業，和女兒——海麗共同經營一家即將晉爲四星級的觀光酒店。

兩篇小說都是採用第一人稱的方式，說出女主角的悲情世界：「祭」中的「我」是特約茶室的幹事，是直接生活在侍應生日子裡的特約茶室管理員；「海」中的「我」則是防區福利站經理，是特約茶室的上級長官。前者在佩姗自殺的次月，帶著惠貞在寧靜的許白灣墾田、種菜、養雞鴨，十二年後，帶著惠貞祭墳時在回溯往事；後者是在與麗美失去聯絡的次年，辭去工作，擺書攤，賣書報雜誌去了（難怪有人以爲開書店的陳長慶又在寫他自己呢！看你如何辯白？）。如此也該天下本無事了，偏偏就要無事生非，廿年來搞個什麼海南之旅，又是無巧不成書地在他鄉遇故知，攪得欲罷不能，不知如何善後，恐怕只有落個白髮更稀疏了吧！

作者在兩篇小說中的「我」，始終保持極高的道德性：在「祭」裡被佩珊譽爲「人性的象徵」，有別於歷任幹事兼具人性與獸性的雙重性格（小心有人要綁白布條抗議了！），爲了撫育侍應生的孤女，還要遠離那個不良的環境，去墾田、種菜、養雞鴨，教養她長大成人，不但證實了佩珊沒有看錯人，更可看出作者賦予作品極高的道德使命感；在「海」裡，作者很强調與麗美間那份對文學的同好，十足表明是一場「文學緣份」。在與麗美的交往中，「我」也曾對「侍應生」的頭銜，顯露出世俗的投鼠之忌，那種「愛吃假歲利」的猶豫不決，雖然是被愛情的外衣掩蓋了，卻也有矯枉過正的顧忌，而愈發有

「君子之風」了。即使是海南重逢的愉悅，在數日的暗室相處中，仍然没有絲毫激情的描述，可見「我」是「古典」地有點「古錐」了！在陳長慶的小說裡，戀愛中的男女都是中規中矩，總是「發乎情，止乎禮」的，甚至有時會爲了家庭和諧的道德口號，而主動放棄愛情的。這種「上流社會」的「老夫子」式的愛情，和他批判社會問題時的尖銳鋒利，成爲極其强烈的對比，這也正是陳長慶的可愛之處。

○ 另類思維

「没有結局，就是最好的結局。」「海」的故事在作者有意無意間，留給讀者更寬闊的空間，做更富伸縮性的想像，應該可以滿足更多的讀者。但是，做爲一個文藝的愛好者，希望能以更多的心思，去體會小說深沉的內涵、複雜的背景、表達的技巧、或者美好的景物，才能在作品中得到更多的愉悅。

原載一九九六年十一月廿五日《浯江副刊》

附錄

沒有結局，便是結局

——陳長慶《再見海南島・海南島再見》讀後

謝輝煌

《再見海南島・海南島再見》這個二萬字左右的短篇，是金門老戰友陳長慶兄在停筆二十三年後，再提筆上陣的一篇力作。內容描寫一對世俗地位前後互換，差距越拉越大的男女的愛情故事。時間縱貫二十年，空間由金防部的武揚營區（坑道）及金城的特約茶室，經臺灣延伸到海南島的海口市。當他的世俗地位看起來比她高時，他慷慨付出「茶與同情」一般的感情，她欣然接受；而當她的世俗地位看起來比他高得多時，她也慷慨付出「以德報德」一般的感情，他傲然拒絕。結束了一個沒有結局的愛。

故事的男女主角，分別由曾任職金防部政五，負責督管特約茶室的作者本人，及身爲被督管的茶室侍應生王麗美擔任。故事採用第一人稱的方式進行，由男主角參加海南島觀光旅遊團，於香港飛往海口市的轉機途中，以「在有限的人生歲月裡，能踏上這塊夢想中的土地，它的不凡意義，遠勝觀光旅遊。」等語，做暗示性的拉開序幕（或指兩岸開放？

或一語雙關？），復以飛機落地時，一眼瞥見的兩個斗大的「海口」紅字，推開故事的大門。待進入「海麗酒店」，又從「大堂經理」似曾相識的倩影上展開夢的捕捉。當高雅華貴的王麗美以大掌櫃的身份出現，並主動認出男主角後，立即使他原先擁有的一段美好的回憶，因情移勢變的現實，而幻滅成「心如一杓死水」的冷灰。接著，以回憶的筆觸，倒敘兩人在金門相識、相惜、相戀、相別及失去聯絡的種種經過。然後再拉回眼前，以較大的比重，著墨於王麗美的光輝事業及前呼後擁的氣派，拱出兩人眼前世俗地位的極端懸殊，使身爲擺書報攤的小老頭的男主角，迷糊在「重逢是故事的開始，還是結束？」的現實人生裡。繼而在意識到自己「倒像是一條寄生蟲」的不甘心的心理下，拒絕了那塊從天上掉下來的天鵝肉，回歸到自我的本真。完成了一個「没有結局，便是結局」的愛情故事。

就故事說故事，這是個探討靈與肉、雅與俗、同情與感恩及理想與現實等問題錯綜複雜，且相互矛盾衝突與掙扎戰鬥的故事。誰勝誰負，也許並不重要；真正重要的，是作者如何去面對、克服這些問題?因爲，文學作品不是綜藝節目或卡拉ＯＫ，也不是一個觀光景點，僅提供視聽之娛而已。作者恒是要藉著故事實體的呈現，提些問題，捉弄我們的思考，或展現他對諸多問題的看法，供讀者驗證。例如，在這個小說裡的男女主角，不是別人，而是我們自己，則對男女雙方相互的施與受，報與答的問題，就不能不去思考了。

愛情的本體很簡單，附著在愛情本體外面的現實事物卻非常的複雜。在這個小說中，愛情的初發與結束，簡直就是同情與憐憫、懷恩與報德的糾葛。因此，就不能不先釐清一個現象或事理。亦即：當自己的世俗地位看起來比對方高些時，同情與憐憫式的付出，不但很容易，而且很高貴。反之，伸手去接受那份同情與憐憫式的付出，有時卻很困難。即使在非不得已的狀況下接受了對方的恩惠，而那份懷恩與報德的感情的債，往往會把人壓死。另一方面，在付出了同情與憐憫之後，是否能摒除世俗與物議的考慮，馬上又接受對方超乎物質、友誼以外的懷恩與報德的愛情呢？尤其是，當兩人的世俗地位發生前後質量互變時，原先「受」的一方極欲變成「施主」，甚至强勢地希望原來的「施主」變成「受」的一方，這將會產生什麼樣的結果呢？

誠然，人生在逆境的時候，的確需要人拉一把。但人在順境的時候，要人家接受「嗟來之食」，卻不見得是圓滿的功德。然若純粹是在形而上的仁愛之情的平等精神基礎上，「投我以木瓜，報之以桃李」，便無論施、受、報、答，莫不欣然酣然。但若施之以愛情，結果就往往出人意料。這也恐是陳長慶何以要在這個小說中，令早先站在「受」的一方的王麗美，常拉高姿態，以「你是說侍應生不能看書？」、「如果你有所顧忌，相見不如不見好。」、「跟一位歷盡滄桑的侍應生一起賞月，你不覺得委屈嗎？」、以及「你想的總比說的多。」，「心胸要開朗，眉頭不要鎖緊。」等話語去詰問、譏諷和告誡「施主」陳先生的道理所在了。

同理，當陳先生一見王麗美最初「報」之以深情，作者就教他立即產生「興奮與矛盾」的心理，令他自惑於「伸出的手是友情的手抑或是愛情的手？」的迷霧中。當她「報」的感情愈濃愈多時，作者又用力地深化他心中的矛盾，衝突，使他苦陷於「想見她，又怕見她」的泥淖中。甚至當她產下「父不詳」的嬰兒，最需要他、最惦著他的時候，作者更令他「躲得遠遠的」。其中，固然或隱有作者對傳統的、世俗的價值觀念的批判，但又何嘗不是因「施」與「報」的不平衡所產生的自然反撲現象。

再同理，當王麗美在招待金門觀光客的晚宴上，大膽寬解世俗的外衣，忘卻別人的驚訝與聯想，以及自我的存在，沉醉在以愛情作爲高尚的感恩與報答的甜夢中時，作者卻讓陳先生「低頭聆聽」、「沒有仰頭看她的勇氣」，甚至以「我的心早已隨著歲月的流失如一杓死水」，作無言的抗議。而當她擢出「信封袋裝的是二仟元美金，任何銀行都可以兌換，也夠你回來的費用」及「我倒要看看，你把我當成誰呀！我的安排可能讓你不滿意，對不起，陳先生，不滿意也得接受，知道嗎？」這一串「報」得有點過分（不只是「過分」，簡直像中共逼降式的統一論調一樣）的話時，作者也特以醒酒湯灌向陳先生，令他清醒到「難道我甘心在這烏雲下做條寄生蟲？」的狀態，接著再令他「解開繫在頸上的領帶」（領帶是王麗美替他打扮的），並發出「虛僞的紳士不是我該追求的」的怒吼，以示嚴重的抗議，並畫下一個「天涯海角，何必再相逢！」的沒有結局便是結局的完美句點。

至此，似可不必計較他們在「施受報答」過程中，所表現的猶疑、矜持、倔强、懦弱的細節。總之，在「患難成好友，富貴莫作鄰」的現實中，形而上的施爲不見得管用，而形而下的禮尚往來，互敬互助，往往更受用。尤當世俗的社會相互懸殊時，施與受的分寸拿捏更是學問。這也印證了作者在王麗美給陳先生的信中所說的，「克羅齊的『美學』，但只是理論。」的結論。所以，聰明能幹的她，在實際生活中，照樣「是一張白紙」。照樣會不顧對方的承受力如何，大擺其鳳凰、孔雀的華章，說什麼「給你一個月的時間總夠了吧，回來時什麼都不必帶，但你那寶貝的書除外。」、「放心，我自有安排，遊完北京我們到武漢看黃鶴樓，到長江看三峽，到桂林看山水，到重慶看山城，到廈門看金門。」完全忘了當年的淪落、狼狽與力爭上游。這些話，與其說是王麗美的無心，毋寧說是她的無知；與其說是王麗美的財大氣粗的無知，又毋寧說是時下一些暴發户的狂妄與自大。因此，作者才又借陳先生的靈魂說：「內心卻交織著幸福與痛苦的抉擇，在茫茫人海裡，在這變幻無常的社會裡，我該選擇什麼？……難道我該重新讀書，取得傲人的學歷？把髮絲染黑，用虛僞來遮掩一切？用先進的美容劑，把自然成長的老人斑漂白……險惡的人類啊！你們不是口口聲聲喊著要改革這個不良的社會，爲什麼無法取下人類勢利的雙眼？爲什麼？爲什麼？」接著又自怨自艾：「任憑你滿腦的四書五經，也抵不過一條繫在頸上的領帶，我能說什麼呢？」雖然，作者「無能說什麼」，卻也借了書中男主角的手，堅持著把那條領帶「解了」，做爲對世俗的一個總答覆，也可以說是這個時代認知的一個頑强的表白。

小說家没有義務把筆下的癡男怨女都寫到「終成眷屬」，自《孔雀東南飛》（作故事詩看，實有小說性質。男女主角雖成眷，卻因外力無法和鳴到老）以下，不知凡幾！固然，王麗美的「圓夢」心切，奈何，陳先生不吃那「君臨天下」的一道菜，寧願回到書報攤上對著北風喝涼水，有冷暖自知的味道。然若當年的王麗美是帶著女兒在海口市的街頭，過著「文君當爐」的生活，或離金赴臺時，堅邀陳先生一同去臺灣開創新生活，作者恐不會那麼狠心地在王麗美的靈魂深處捅這一刀。總之，去此一寸，就注定了好夢難圓的結局。

整個來說，這個小說寫得相當成功。小小的格局，配上簡潔的佈置，播放點輕音樂，讀來鑾有行雲流水的悠閒感。此外，故事情節的安排、穿插、啣接，以及人物的刻劃、心理的描寫，皆有動容的表現。兩萬餘字，能寫得如此粗中有細，小中見大，尤其是對白的落實及餘音裊裊的韻味。不是下過「一番寒徹骨」的工夫的人，難望其項背。雖然，王麗美的再度出現，在見面場合的舉止言行，甚至一些投懷送抱的動作略見誇張，但卻釀造了對比强烈的效果。唯一的疏忽，是當「海麗酒店」四字出現時，未能震動陳先生的感覺神經。因爲，「海麗」二字，在「陳叔叔」的記憶中，應有「海般的美麗」才是。但也或許是五星旗擋了點視線，没立即聯想起來吧？

最後，要附帶一提的，是這些年來，以金門特約茶室（即那些外行人口中的「八三一」）爲背景的小說或報導，間或入眼，但扭曲的地方，常令人血脈噴張。有人甚至連「八三一」三個字都不甚了解，便大吹起法螺來。看吧：當年曾把「匪諜」的妻子，判了刑的女犯人，都送到金門去「勞軍」。小徑茶室的一名侍應生自殺了，官兵就在在茶室裡佈置靈堂，爲她開弔。莒光日，部隊派士兵去替姑娘們洗床單、擦門窗、打掃清潔（只差一點没替姑娘們打水洗身子。）……等「黑白講」，真叫人「傷心落淚」。更有位後生作家說，金門的軍民關係一向就不好。看樣子，「伯玉亭」都是紙剪的，貼在那裡的。看到那些「狗屎文章」，就恨不得電請陳長慶來做個「總評」。何以見得他是最瞭解金門特約茶室内幕的「權威」呢？蓋當年在中央坑道的辦公室裡，常接受陳長慶送過來的，替侍應生們申請核發「入出境證」（六十一年改爲「中華民國臺灣金門地區往返許可證」）案件的第一處的「謝參謀」，可以作證。小說容易寫，要能「過火海」，才算見真章。此是題外話，卻也憋了很久，及讀了陳長慶這篇以金門特約茶室之一角做背景的小說之後，不能不說的幾句公道話。

民國八十五年十一月十九日於臺北中和市

原載一九九六年十一月廿九日《浯江副刊》

海南寄來滿地情

一九九六年初冬的一個晌午，遠航的班機因受氣候的影響而延誤了班次，那幾份我賴以維生的「零售報」也因而遲到。我援例地搬了一張小椅子，在騎樓下的地板上把分開印行的「副刊」夾在「正刊」裡面。一個人隨著年紀的增長，手腳的遲鈍，腦力的減退，雖不是與生俱來，但都得怪這無情的歲月。尤其是一個孤獨的小老頭，既無家產可防老；復無一技之長可謀生，依靠的是擺在騎樓下的小小的書報攤，自個兒省吃儉用，倒也勉可維生。唯一感到安慰的是在這個知識爆發的時代裡，能多看些書報雜誌，吸收一點新知識，對一位老年人來說何嘗不是他心靈上最大的慰藉。周夢蝶能在武昌街的書報攤上寫詩，而我呢？那份對文學的狂熱也隨著時光的消逝而逐漸減退。看多了；寫少了，眼高手低就在內心衍生著。

夾完《中國時報》，我把它平放在架子上，郵差緩緩地走近身旁，拿著一份快遞郵件要我簽收，寄件人是臺北「長春旅行社」。這家旅行社彷彿很眼熟，我突然想到那是我去年到「海南島」旅遊，負責安排行程與領隊的旅行社。寄來的可能是一些攬客的旅遊廣告吧？我不經意地把它擺在一邊巡行地工作著，況且我已沒有多餘的款項再出去旅遊。去年的一趟海南行，已花掉了大半生的儲蓄。夾好《聯合報》，猛然；我對那份快遞郵件起了很大的疑問，如果是單純的旅遊廣告，何必多花十幾倍的郵資？我顧不了散落一地而尚未夾完的報紙，撕開封口取出那疊厚厚的紙製品，「海麗酒店」的專用信套上別了一張便條，上面寫著：

陳先生：

代轉海南省海口市「海麗酒店」王總經理大札乙封，敬請查收，並請逕與王總連繫。

臺北長春旅行社業務部

一九九六年十一月廿日

我神情激動地取下那枚別著便條的迴紋針，厚厚的信套裡裝的是什麼？我迫切地想看它，想知道它，想瞭解它！然而，我的手不停地顫抖著，想急切地撕開封口竟是那麼地難。我的手腳已冷，心已涼。十五張「海麗酒店」的專用箋夾雜著繁體與簡體，清麗娟秀的字跡對我是那麼地熟悉，而每一個字就像一個細胞在我體內衍生著；每一個字就像鮮血般在我心靈深處淌滴著……。

陳先生：

海南一別已記不清是我們生命中的第幾個春天。

日前「臺北長春旅行社」的張總經理轉來你的作品《再見海南島．海南島再見》的剪報，我奪眶而出的淚水不是感情的脆弱而是真情的感受。廿餘年接觸的簡體字，繁體字讓我讀來倍感吃力。然而，我已不能自己，緊握住十二篇剪報，把自己深鎖在十五樓你曾住過的貴賓套房裡。自你返金後，我已把這間套房關閉不對外營業。你從金門穿來的衣襪仍然在衣櫥裡，破舊的旅行袋仍然擺在矮櫃上，你看過的《海南日報》依舊整齊地疊放在書桌旁。在海口機場的候機室，眼見你的背影，眼見你不願再回頭的倔强個性，我已深知，我企求的美夢，將成空。

廿餘年前音信的消失，廿餘年後重演，你還在怪我——一個歷盡滄桑的女人。然而，在我內心銘刻的也只有你的身影，廿餘年前那留著小平頭，穿著卡其制服，腋下夾著紅色卷宗，容易臉紅的小男孩，或許是他平生第一次進入侍應生的房間。那時我笑在心裡，一個單純的小男生他能檢查出什麼業務？而你一絲不苟有條不紊，以親切的語氣來詢問、來瞭解你所經管的業務，教我不服也難。尤其當我們相識相知時，你並沒有像世俗裡的男人心存玩弄和欺騙，你真誠地待我，讓我感到有尊嚴受尊重，讓我感到幸福和溫馨。在那個年代裡，有誰能容許一位青年與神女在一起，那將是多麼地不可思議。你心裡所承受的我明白，但你並沒有嫌棄我，依然誠心誠意，自然自在地和我在一起。我們沒有相互利用，不講利害關係，有的是坦誠的面對！

過去的，已逝去的歲月都被你講完了，我沒有重複的必要。海南廿餘天的相處，我更堅信你清高的人格；你不貪什麼，不圖什麼。尤其在海南這個現實而充滿著色情與暴力的社會，你的中規中矩反映出這裡的膚淺和無知。我們想到六十年代日本鬼子以戰後暴發户的姿態來臺灣買春，在北投花天酒地當散財童子，儼然像上流社會的富豪，其實這是他們低劣的人格在發酵，總有一天會受到應有的報應。海南現在也成爲以前的北投；自從開放爲經濟特區後，各國各地的遊客來了，內地的女子也相繼地來海南淘金，她們出賣靈肉換取虛榮，這裡已逐漸成爲男人的天堂，青年朋友的樂園，怎不教我們難過與憂心。

或許，你已誤會我，並非想把你妝扮成上流社會的紳士，只是想讓你容光更煥發；精神更抖擻，讓你脱離孤獨；讓你轉回頭看著我，喚回我們失去的春天。我何曾忍心讓你在酒店裡做條寄生蟲。海南的事業也是你的事業，上上下下員工有多少，你已親眼目睹，我只是想讓你生活得更有意義、更有尊嚴！也希望你的投入能減輕我所肩挑的重擔。以你的苦學實幹，以你對工作的熱忱，不只是「海麗酒店」需要你，我王麗美更需要你！而你的「不願」卻是我永恒的悲痛。廿餘年的孤單奮鬥，我的心身已疲憊，往肚裡吞的淚水你看不到，你體會不出。你所思所想已比廿年前還多，是什麼毒素把你健康的腦細胞腐蝕？是誰無法改變你的倔强？難道是這無情的歲月，還是逝去的年華？

不錯，你不願看見五星旗下的海口，你的愛國情操我理解，我始終未曾遺忘我在中華民國的臺灣出生受教育，只是時代已變了，環境也變了，兩地只有一個共同的理念——同是炎黃子孫，其他的是政治上的雜症，輪不到我們來談論。此刻，海口正下著雨。雨在你的筆下能美化成華麗的篇章，而我卻不能。蔚藍的天空有烏雲密佈的時候，雨也有停的一刻，宇宙的變幻是無窮的。我必須再告訴你，王麗美的心永遠不變的！如果沒有那份真情，我何必認你、留你。今天我們相信的不知是緣份還是命運？誠然流在我們體內的已不再是年輕時候的激情，但在短暫的人生旅途裡，我們必須相互扶持、相互依靠、相互照顧。我苦心的安排和叮嚀，你把它當成耳邊風。我的前半生是在痛苦而悲慘的日子度過，而老天竟把我的後半生也磨滅掉。我的幸福在哪裡？我的依靠在哪裡？那曾經承諾的人已失信，難怪蔚藍的晴空會烏雲密佈，而烏雲下的海南隨時會變天；難道金門蔚藍的天空永不變？你的多思、多想、多慮，你逃避現實總不是解決問題的妥善辦法。我們何不坦誠面對？我的安排或許讓你覺得失去男性的尊嚴，但何不把你心中所思所想的也坦然地告訴我。沒有你就彷彿失去了依靠，廿餘年前的點點滴滴，在我腦裡盤旋依稀，只因爲你是我心中永恒的陳先生！

在這個社會裡，不是我往自己臉上貼金，王麗美若要嫁人早在十年前。然而，我没有，廿年前我曾許下諾言要把一個完美的我交給你，不管你的想法如何，都不能改變我的初衷。也只有你才能與我生活在一起；才是我忠實的依靠，才能給我永恒底幸福！

海南廿幾天的相處，我深深地覺得：你高興的只是我們的重逢，而你並没有真正的喜悦。只有「東坡書院」才是你的最愛；你投入在所有的碑石中而忘了我的存在，也只有那天是你感到最興奮、最快樂的時刻。可是你忘了海南是一個文風很盛的地方，還有「瓊台書院」、「文昌孔廟」、「邱浚故居」、「張逸雲紀念館」、「海瑞墓」、「定安古城」……等，都等待著你大駕的光臨。

從「三亞」回來，你堅持不到「文昌」，我心裡已有數。以你對文學的熱衷，相對的也會關心近代的名人文物，你情願放棄一覽宋美齡的祖居。你的思鄉情愁；你的鄉土情懷，總是比愛你的人更貼切。而我能說些什麼呢？想留你，也得把你的心留下。從九月廿五日起，我交代商務中心廿四小時輪值，我不願錯過任何一通是你打來的電話。來；不來，總得告訴我一聲。然而，你没有，你的固執；你的獨斷，讓我又恨又傷心。上天總是這樣愚弄人，我們為什麼要再見？為什麼要重逢？為什麼不讓我們的心永遠平靜？為什麼要激起我們心湖中的漣漪？十萬個為什麼，竟然連一個為什麼，都無法給我圓滿的答案。

受過高等教育而乃有童稚之心的孩子總是不解地問：

「媽媽，陳叔叔是不是不喜歡我們？」

「不會的，海麗。」

「那他不是答應媽媽在香港見面，爲什麼失約呢？」

「他還沒有想通。」

孩子迷惑地搖搖頭，而我能向她說什麼，解釋什麼。是的，你還沒有想通；是現在沒有想通，還是永遠永遠想不通?!

既然你不想來，我曾經想過要重回金門。經過商務中心查詢的結果，目前開放的是單方面的觀光旅遊，而探親必須是一等親。而在金門誰又是我的一等親呢?繼而地，我曾想過要把海南的事業轉移在海麗的名下，把户籍遷到香港或澳門，然後我可以自由進出臺灣、金門。可是律師告訴我，轉移必須辦理「贈與」，依「中國」的法律要扣繳一筆爲數可觀的「贈與税」。左思右想總讓我悵然不知所措。律師安慰我說，隨著兩岸開放的腳步，或許不久即可相互往來，我只有期盼這一天了。如果你能來那該多好，雖然我再三地重複這句話。如果你還愛我，還懷念我們的過去，你爲什麼不肯再聽我一次?不要心存悲觀，我們要珍惜現在，擁抱這美麗的新世界。我會把你的起居生活安排得讓你完全滿意爲止。在雨天，我甘心爲你撐傘；在夜裡，我情願爲你提燈。

如果你再想不通，不改變你所思所想，雖然，你向「海南島」說再見，但你並沒有說，不見王麗美。因而，我肯定；我深信你不是一個無情無義的金門人。儘管此時此刻不能相見；儘管今年明年不能相逢，而我想見你的心已堅，思念的情懷依舊，任憑在海南、在金門、在天國、在地府。

——你是我心中永恒的陳先生！

王麗美

一九九六年十一月十日寄自海口

看完麗美的信，信箋已從我的手中抖落在地上，淚水也爬滿我多皺的面龐。我悽然地搖搖頭，是她的癡情；還是我的無情？已逝的歲月並沒有給我滿意的答覆。此刻，我心中承受的何止是一塊巨石。廿餘年前；廿餘年後的情結，是剪不斷，還是理還亂？無情的歲月已輾過我們金色的年華，我們真能忍受寂寞，在許白灣那片草地上，養上一群牛羊和雞鴨？她真能別離海南閃爍耀眼的霓虹燈，真能放下原有的身段和丰采？不錯，我是不該對她的感情生疑，人生也真的沒有幾個十年廿年；海麗已長成，她肩挑的重擔也該讓她來分擔。在不多的人生歲月裡，讓我們相互扶持，相互依靠；不求浮華，但願實際。天將更長，地將更久；何須山盟又海誓，何須海枯又石爛，只願她心似我心，豈能辜負相思意。然而，我必須告訴她：不管海南的天空變不變色，重回海南非我所願，我將在這祥和、敦厚、純樸的金門等著她。任憑——

地老，天荒！

原載一九九六年十二月二日《浯江副刊》

《另頁》

朋友　歲月是無情的
它的巨輪已輾過我們的大半生
文藝是沒有界限的
也沒有江湖上所謂的「老大」
唯有辛勤地耕耘　不停地寫
把作品呈現給讀者
那才是文藝園地裡的「大哥大」！

同在一輪明月下

——爲《金門日報》創刊卅一週年而作，爲《浯江副刊》而寫

感謝白老總，找了一位在人生舞台毫不起眼的小角色—既無烏紗，復無勳章，更沒有傲人學歷的小老頭，來爲《金門日報社》三十一週年慶寫些感言，既然白老總不怕掉了烏紗帽，寫它幾段又何妨。

若依新新人類的遊戲規則來說，在這個重大的節慶裡，必須先爲它美言幾句，恭維一番。然而，這份刊物歷經戰火的洗禮，在炮火中成長茁壯，歷經過戒嚴解嚴的時代變遷，走過卅一年光輝燦爛的歲月。或許，它想聽的不是歌功頌德的辭彙，而是善意的感言和虔誠底祝福。因而，就容許我把這些未經修飾與剪裁的文字，寫給較爲熟悉的《浯江副刊》吧！

我們都知道，文藝不同於歷史。歷史只記錄了事實的真象，文藝卻深入內部的描寫；歷史是生硬的記載，文藝是靈活的表現。因此，我們肯定《浯江副刊》是帶動金門文藝發展的龍頭，它肩負的重責不只是爲求文藝的發展，還必須爲保存浯鄉的歷史文物做文字上的傳承工作；更要透過文藝作者的筆來改良社會的不良風氣，提昇我們的生活水準。一篇

幾百字的「浯江夜話」，它給我們的卻是難以言喻的啓示。一篇主題正確而感人的作品，讓讀者如置身其中，跟著它的人物一起哭一起笑。因而，我們不得不向身在幕後的主編致最敬禮，也不得不替他們說幾句話，相信歷任的主編，再博學的主編，都會遇到這些問題。

在報紙解禁，報業競爭，張數增加的今天，副刊卻逐漸地不被重視。《自立早晚報》首先取消一天一版的副刊版面，改成一週一版的「本土副刊」。倒是我們的《浯江副刊》仍然能與「中副」、「人間」、「聯副」、「自由」等大報相互爭輝，維持一個完整的版面。他們的「副刊室」，除了設主任一人外，還有數名文壇上知名的作家當編輯，襄助看稿、審稿、設計版面；相反的，我們卻是一人抵五人獨撐「浯江」，每天看那密密麻麻龍飛鳳舞的一萬多字，不妥的詞句要修改，錯別字要更正，眼花不撩亂？才怪。

尤其是生長在這個自由而開放的社會，潑婦有她罵街的權利，也因爲「街」是沒有生命的，就讓她罵個痛快！然而，今天編者所面對的是一些自認爲是高水準的知識分子，他們罵的不是「街」，而是有血性的「人」。「人」，有被罵的義務嗎？「有」，因爲面對的是一些沒有血性的「現代人」。

稿件沒被採用，作者要罵——（我寫得那麼好，那麼有血有淚，那麼有水準竟然不採用！）——建議編者，請他改投「中副」。

稿費給少了，大作家要罵——（憑我毛某人三個字一千字也得給一千元！）建議編者，請他改投「人間」。

散文小品是現在各報副刊的走向，高水準的知識分子要罵——（刊登些風花雪月的文章，没水準！）——建議編者，請他們改看「三民主義」。

歷經多少謾罵和批評，《浯江副刊》仍然屹立在這世人公認的「英雄島」上，默默地承受著浯江父老所付託的重責大任。

翻開浯江的文藝頁次，那些自認是高水準的人士，卻也没有寫出什麼驚天動地的作品。倒是那些走過《正氣副刊》與《浯江副刊》的朋友們，他們把原先對文藝創作的熱衷，轉換了寫作方向，也同時交出了一張張亮麗的成績單。如：黃振良的《金門古代農具探尋》、李錫隆的《金門島地采風》、洪春柳的《七鶴戲水的故鄉》、楊樹清的《消逝的漁民國特》（已入圍第十九屆時報報導文學獎），以及一直從事鄉土文學文物研究的陳炳容、許維民；從事民間慶典、俗諺蒐集整理的林麗寬、楊天厚。他們已爲浯鄉的子弟立下一個好榜樣，他們的作品也將永垂不朽地傳給我們的子子孫孫。

轉而，我們看看，國內知名的作家，如：孟浪、文曉村、金筑、管管、謝輝煌、朱星鶴、汪洋、張洪禹、胡德根、羅紀……等。他們的作品曾經讓《正氣副刊》風風光光地度過短暫的歲月。然而，他們畢竟是過客，不是歸人。甚至我們更清楚地記得：在尚未解嚴時，主管新文藝的最高單位，邀請了國內新一代的作家，打著「作家上前線」的旗幟，要來指導軍中朋友與社會青年朋友寫作；要用他們的筆把金門可歌可泣的故事，向全國的報刊雜誌報導。我們繼而地一想，浯鄉子弟有誰受過他們的指導?全國的報刊雜誌登過幾篇有關金門的報導?他們坐著「迎賓車」環遊了金門美麗的景點。吃了金門的海產——黃魚；喝了金門的名產——高粱酒；帶了金門的特產——貢糖，說了兩句很感性的話：

再見，金門！

金門，再見！

因此，我們再三地深思：迫切地需要把文藝的根，深紮在浯鄉的土地上，讓那些有興趣於文藝創作的青年朋友，共同來參與，共同來耕；，一年的整地，二年的播種和施肥，豐碩的果實就等待我們來擷取。

我們再看看，走過《正氣副刊》與《浯江副刊》的張國治，他是國立臺灣藝術學院的專任講師，曾經得過「教育部八十年文藝創作獎」新詩類第二名、「第八屆全國學生文學獎」大專新詩組第一名，所得的獎項總有十幾次吧?!著有詩集《三種男人的情思》、《三人詩合集》、《雪白的夜》、《憂鬱的極限》、《帶你回花崗岩島》，散文集《濱海劄記》、《愛戀季節》、《家鄉在金門》、《藏在胸口的愛》等書。黃克全得過「國軍文藝金像獎」短篇小說類銀像獎、新詩類金像獎，曾多次獲得新聞局優良電影故事獎、及埔光文藝小說類獎、春暉青年文藝獎助等，多篇作品被選入九歌、爾雅、前衛、希代等各類文學年度選集，結集出版《蜻蜓哲學家》、《玻璃牙齒的狼》、《一天清醒的心》等書。但他們並沒有嫌棄浯鄉這塊副刊園地不夠水準，每有新作完成，總是先寄回《浯江副刊》發表，讓鄉親們一起分享他們創作後的成果和喜悅。

在五十年代的《正氣副刊》，我們讀過陳水在的散文和小說；他不是外人，正是我們的縣長陳水在。當他的第一篇散文被編者採用而刊登出來時，相信他的心情就像當選縣長一樣，那麼地高興，那麼地想擁抱浯鄉這塊芬芳的泥土；那麼地想放下身段在木麻黃的林蔭下雀躍高歌。

陳秀竹廿幾年來對文藝的執著和熱愛，她那柔美的散文以及近期二首爲真理而寫的詩篇，爲浯鄉這塊文藝園地默默地在耕耘，在奉獻。她那高尚的藝術情操以及文學素養，深深地感動著我們。我們也情不自禁地要說聲：「辛苦了，教官；什麼時候升上校？」。

朋友，歲月是無情的，它的巨輪已輾過我們的大半生；文藝是沒有界限的，也沒有江湖上所謂的「老大」，惟有辛勤地耕耘，不停地寫，把作品呈現給讀者，那才是文藝園地的「大哥大」。深藏不露已是老調，筆尖鏽了、腐蝕了，把它扔掉吧！就用那廉價而滑溜的原子筆，寫出你此生最美麗的篇章。

為《浯江副刊》而寫。

為《金門文藝》而寫。

為我們的子子孫孫而寫！

抬頭凝望太武山頂燦爛的星空，同在一輪明月下，讀者、作者、編者，三者同心協力，把文藝的幼苗紮根在浯鄉的土地上，那怕沙漠不變綠洲！

註：《正氣副刊》、《料羅灣副刊》、《浯江副刊》同爲一體。

原載一九九六年十月廿七日《浯江副刊》

附錄

明月幾時有

——寄陳長慶

楊樹清

在遙寄臺北九五八五公里的北美西岸，讀你在浯江副刊的《新市里札記》，成了我在異國歲月裡的另一種鄉情慰藉。十月二十七日那篇《同在一輪明月下》，品讀再三，一些熟悉的人情事物隨著你的筆墨浮現而出。有筆如刀，幾分瀟灑，竟也含了幾絲「明月幾時有」的悲愴感。

這些日子以來，或許是換了一個國度，每天與陌生的環境對話，生活不再喧嘩，反而較能夠在孤獨的層面自我欣賞。讀你二十年後才又「復活」的文學筆，說是一種驚蟄吧！對我而言，它遠比方才從CNN頻道看到柯林頓打敗杜爾所發表的當選美國總統演說要來得接近心靈多了。很難想像是因七月一趟「祖國」之旅，顛覆了你的思維？光芒重現，反射的結果，楓丹嫣紅、白露乍醒，文學園地的逃兵如我，今在楓葉國，也忍不住要重新試筆，到底要看看自己的文學種子能否再次萌芽，期待新綠昂揚？或者，自此埋入土堆，宣佈死亡。

我常會念著一九七八年的金門。那年我十七歲。每天戴著大盤帽，在東社站牌等著首班「經機場」公車，一路到山外，到太湖畔的高職部求學。放學時分，排路隊沿著新市里到了山外車站搭車的途中，我會一個偏身，踏入你開設的《金門文藝季刊社》（長春書店前身）內。沉浸在跟教科書很不一樣的書香裡。你我的年齡雖差了一輪，卻因著一方書香天地，彼此建立了「煮茶論藝」的忘年之誼。不是嗎？那段青澀年代，你將你創辦的《金門文藝季刊》，也把胡秋原的《中華雜誌》介紹給我；把二十五歲即凋逝的《梁遇春散文選》、何懷碩的《苦澀的美感》、《傳薪火》……一本一本往我書包裡塞。當然，我也眼尖地從書架底層翻出你於一九七二年由林白出版，你卻視之爲「非賣品」的兩本著作：《寄給異鄉的女孩》和《螢》。從而知道你二十六歲就有小說集問世了，並且有一個很詩意的筆名：陳亞白。以及一些屬於島鄉與異鄉的文學私藏祕密。

一九七八年夏到一九七九年秋，我僅有的一小段大盤帽生涯可謂「慘綠」。如果還有一點趣味，當係建立在放學時分逗留在你書店，抓住夕陽紅的那一點美好。一些島地文友的識得，一些精采筆名的串連：「江小魚」楊天平、「古靈」李錫隆、「凡夫」黃長福、「榆林」林怡種、「卿雲」王建裕、「望參」許丕達，以及當時的「浯江二十四書生」黃克全等，也盡在你的書店交會，互放光芒。

一九七九年十月，我提早掙脫了大盤帽，告別金門，航向南台。少年辭鄉之情，一如阿德的歌「船緩緩的靠港，離家很遠了吧，我想。站在迎風前行的舺板上，我的心中只是一片的茫然，離開了傳說中的戰地天堂，所有的孩子，不懂自己將飄向何方，隱藏在心中的夢想，是一種宿命和生存掙扎的背叛……」十七年前是怎麼離開的，情節已然忘卻；沒來得及跟你道別，仍然記得。

省略了離鄉以來的情情事事。從一九七八年到一九九六年，我不再是在太湖畔、新市里迎接晨曦、追趕斜陽的十七歲青衫少年。三十四歲，切成兩半，之於我，今年正好，一半在金門度過，一半從臺灣走過。對待文學，一九八七年出版散文集《渡》迄今的十年間，我不再寫過一篇「純文學」。一九九三年五月三十一日晚，中廣青春網「四季人生」節目，主持人羅懿芬邀我上現場「作家談故鄉」，並接受Call in。其中兩通電話來自鄉親，白嫣嫣（白梅）在線上說起「還記得十四、五年前，你到過金城鳳翔新村，並在金門日報副刊上寫了篇《鳳翔初履訪白梅》，嗨，我就是白梅！」另一通是在臺中念大學的「亞亞」打進來的，「讀過你的《渡》，但是《渡》之後，再也沒有看過你提筆創作了，能否回答我，何時能再見到你的文學作品？」這兩通電話，讓我在深夜離開電台走向家的路上，一度激起「文學心靈」，伏案之餘，卻又猛然驚覺，文學之筆難再！

驛馬星動，重拾文學心的一九九六吧。現在的我，暫時拋開了糾糾結結的金門情事，也遠離了臺北的紅塵煙囂。來到北美匆匆五個月，我又背起了書包，每天趕著大早的電車到加拿大的西岸語言學校作英文國度的「小學生」，也在加拿大英屬哥倫比亞大學亞洲中心進行沒有學位的「多元文化」進修計劃。

身處在多種族多元文化的國度裡，西潮對自詡很「本土」的我沖擊力不言可喻。但相對的，「本土感」在西方的土地上反而益形深化。這種奇妙的感覺，反映在自家鄉航空寄來的報紙中，讀到你的《新市里札記》系列篇章，從《江水悠悠江水長》、《木棉花開時》、《武德新莊的月光》、《秋陽照慈湖》、《千楓園裡楓葉飄》、《在小徑南端的斜坡上》……，及至札記以外的《再見海南島・海南島再見》、《同在一輪明月下》，二十年後，你再度策馬入林，所踩踏的，豈止於新市里？所騷動的，又何止是浯江水？我在北美的「文學心靈」，也因爲你，發生了漣漪效應，滋生了一些酵素。

明月幾時有？是的，走過從前，我們同在一輪明月下。

一九九六年十一月六日凌晨・自加拿大英屬哥倫比亞大學傳真

原載一九九六年十一月十日《浯江副刊》

附錄

兩岸作家——《長春書店》喜相逢

應紅 陳長慶

金門日報採訪小組

首位來訪的大陸記者、作家，北京《文藝報》新聞部副主任應紅，昨在金門度過了很「人文」的一天，上午在畫家李錫奇夫婦陪同下，赴貞節牌坊、浯江中心、慈湖、古寧村「振威第」、山后民俗村、金湖中小學、金門報導金寧服務中心等地採訪，下午離金之前，特別放下記者姿態，改用作家身份赴新市長春書店拜訪金門首位有文學著作出版的作家陳長慶，並互贈著作留念，應紅認爲這是她金門之行最有「文藝氣息」的晌午。

大陸記者兼作家應紅，曾由北京華僑出版社出版了《我眼中的風景》等文學書；金門長春書店負責人陳長慶則是金門最早出版文學書的作家，民國五〇年代末期即由台北林白出版社出版了散文《寄給異鄉的女孩》及小說《螢》，並曾在民國六十年創辦《金門文藝雜誌》，爲地區文藝風氣的拓荒者。應紅慕名而來，與陳長慶多方交換兩岸創作經驗，並簽名互贈著作留念。

應紅已於昨日下午四時十五分搭乘馬航離開金門，她表示將把金門二日所見所聞所感寫成一篇萬餘字的報告文學交給北京《文藝報》及本報「浯江副刊」共同發表，就不知《金門日報》用不用她的作品？離金前夕，應紅肯定金門豐富的人文面，但她更憂心開放後，金門一些文物古蹟將慘遭浩劫，她建議金門朋友珍惜、保護金門文化資產。

轉載自一九九三年十一月十日《金門日報》第三版

後記

《再見海南島·海南島再見》是我的第三本書。像《寄給異鄉的女孩》一樣，它也是一本複式書：在廣大的文學領域裡，我不願被定位在單一方面——不論是詩、散文、小說或評論上，所以，我嘗試著多方面的創作。

收在這本書裡的作品，寫作時間的先後，足足地相隔了廿餘年。然而，我不能否定以前，也不能肯定現在。歲月讓我成長，也讓我蒼老。走在這艱辛的文學路途，像爬在荆棘上的蝸牛，是那麼地緩慢，那麼地酸楚。而我無怨無悔，將繼續走完我孤單的行程。

一九七三年春天，完成了小說《窄門》後，我突然地；也莫名其妙地停下筆，我並不能找出一個妥善的理由來爲自己辯護。腦裡一片空白，血從心靈深處淌下，把自己深鎖在一個小小的生活圈圈裡，過著行屍走肉般的日子。

一九九三年深秋，《金門報導》社長楊樹清、版畫家李錫奇和詩人古月，陪同首位來訪的大陸記者、作家，北京《文藝報》新聞部副主任應紅小姐來新市里相見。

一九九四年仲夏，中央社駐金特派員倪國炎，陪同《中國中央電視台》新聞聯播編輯武晉先先生等一行來新市里，爲我作了小小的專訪——大陸同胞看過我的畫面，而我自己卻沒有見過。

二次客從「祖國」來，陪同的楊樹清、倪國炎都相繼地爲來賓介紹在六十年代裡，我曾出版過二本文學書籍，也與朋友共同創辦《金門文藝雜誌》，可是我已停筆多年，《金門文藝》也暫時休刊。朋友好心的推介，卻讓我靦腆不知所措，只是傻傻地向來賓笑笑，而卻笑不出我內心的苦楚。

一九九六年七月，我到了「北京」，在「天安門廣場」久久地沉思著，看了那五星旗下的《人民大會堂》、《革命歷史博物館》，在毛先生陰沉的紀念館裡，我放慢了腳步——不必作任何的詮釋，只品嘗到那塊泥土的芳香。返金後，我重新提筆，試寫下平生的第二首詩——《走過天安門廣場》。詩人朋友看過後認定我寫的是「詩」，但不是「好詩」。然而，我卻興奮異常，畢竟我寫的是「詩」，好不好倒是其次。於是，我把它寄給同遊的文友——古靈，也只有他才能理解當時的情景。

同年八月，寫詩、寫散文、寫評論的青年朋友——《國立臺灣藝術學院》講師張國治來新市里，他說：「我們必須把所思所想的盡速地記錄下來，錯過，就失去了。」我無語地面對這位在苦澀歲月中成長的青年作家，久久不能自己。也因爲他的這句話，讓我重拾深藏廿餘年鏽得即將扔掉的禿筆。因此，我寫了幾篇散文，把它寄生在《新市里札記》

下，讓它們喜見天日。

一九九五年七月，我到了《海南島》，《再見海南島》的故事也在一年後孕育成熟。我拋棄了「小說理論」裡的一些死教條，一種微妙的因素與內心的矛盾不停地交戰著。儘管廿餘年來物換星移，但小說裡的人物在我腦海盪漾依稀。彷彿就在眼前；彷彿就在昨天。誠然，有些情節不能作更完美的表達，事實上，我已把整個故事的輪廓，毫不隱瞞地呈現在讀者眼前。

時間總是一切計算的重複者，光陰已沉没在我的心底，重遊《海南》的機會已渺茫。小說總是一種真真假假撲朔迷離的玩意兒，我不願作更多的剖析，就請讀者來認定來指正吧！

感謝爲我的作品提出批評討論的朋友們，他們完美的詮釋，讓我感到榮幸，也讓我感到慚愧，廿餘年來交出的竟是一張不及格的成績單。

感謝您，親愛的讀者！

陳長慶 一九九六年十一月 於金門新市里

國家圖書館出版品預行編目資料

再見海南島　海南島再見—陳長慶著
——初版，——臺北市，大展，民86
面；　　公分，——（文學叢書；3）
ISBN 957-557-682-9（平裝）

848・6　　86000992

再見海南島　海南島再見　ISBN 957-557-682-9

作　　者/陳　長　慶
封面設計/李　禮　森
內文電腦打字/翦　梅　生
校　　對/陳　嘉　琳
發 行 人/蔡　森　明
出 版 者/大展出版社有限公司
社　　址/台北市北投區（石牌）致遠一路2段12巷1號
電　　話/（02）8236031・8236033
傳　　真/（02）8272069
郵政劃撥/0166955-1
登 記 證/局版臺業字第2171號
承 印 者/高星企業有限公司
裝 訂 廠/日新裝訂所
排 版 者/弘益電腦排版有限公司
金門總代理/長春書店
金門縣新市里復興路130號
電　　話/（0823）32702
法律顧問/劉鈞男大律師
初　　版/1997年（民86年）1月
一　　刷/1997年（民86年）1月　　**定　價/ 180元**

大展好書 好書大展

大展好書 好書大展